クラスメイトの女子、全員好きでした　爪切男

集英社

まえがき

「おまえは、女の子と恋はできないだろう」

小学四年生になったぐらいの頃、親父から言われた忘れられないひとことである。

言葉の真意がわからずにキョトンとする私を無視し、親父は話を続けた。

「子供のおまえには申し訳ないが、ウチは借金もあるし貧乏や。ワシに似てしまったから、顔もブサイクになるやろう」

今にして思えば、散々な言われようである。だが、父子家庭に育ち、親父しか頼れる人がいない私は、その言葉に耳を傾けるしかなかった。

「おまえは自分の顔と家柄で女を落とせる男じゃない。だから、ワシはおまえを強い男に育てる。男は見てくれじゃないぞ、たくましい心を持つ男に女は惚れるんや。でも、それはおまえが大人になってからの話や。若いうちは、全然モテへんやろうな」

「そうなんや、勉強ができてもあかんのかな。僕、勉強はクラスでも上の方やで。足も結構速いで」

「勉強ができても、運動ができても、顔がかっこいい奴には勝てん」

「嘘やろ、なんか悲しくなってきた」

「安心せい、大人になったら、おまえの内面を見てくれる女の子がきっと現れる。だから、しばらくモテなくても我慢するんやぞ。ワシもいるし、爺ちゃんに婆ちゃんもいる」

「うん」

「よし、ええ子や」

そう言って、私の頭をポンポンと叩く親父。これ以上優しくされると、余計に辛くて泣きそうだ。

「お父さん、僕はどうしたらいいの？　恋ができない僕は、みんなが恋をしてるときにどうしたらいいの？」

「そうやな、〝覚えろ〟」

「覚える？」

「女の子たちの顔や、話したこと、過ごした時間をずっと覚えとけ。それは、おまえが大きくなったら、ほんまに大切な宝物になる」

「わかった、頑張って覚える！　あと、大人になってから、僕のことを好きやと言ってくれる子が出て来たらどうしたらいい？」

「狩れ、逃さずに全員狩れ」


それから私は、同じクラスになった女の子をひとり残らず〝覚える〟ようになった。母親がいないからか、人一倍〝女性〟という生物に興味を持っていた私は、どれだけ女の子を観察しても飽きることはなかった。

普通の恋なんてできなくてもいい。女の子を毎日眺めているだけで、私は充分幸せだった。

恐ろしいことに、親父の予言は現実のものとなり、私は二十歳を迎えるまで恋人ができず、とにかくモテない青春時代を送ることになった。

だが、それはそんなに辛い日々ではなかった。だって私の周りには、素敵な女の子たちがたくさんいたのだから。

人を好きになることの意味がわからなかった小学校時代。

顔中ニキビだらけで過ごした陰鬱な中学時代。

性と恋のはざまで揺れ動いた多感な高校時代。

私は全ての時代のクラスメイトの女子たちとの思い出を、彼女たちの笑顔を、その声を、もれなく全部覚えている。

授業中によくゲロを吐く女の子。
毎日鼻くそを食べていた女の子。
フランスからやってきた金髪の転校生。
ウォータークーラーの飲み方が汚いクラスのマドンナ。
私を本気で殺そうとした幼なじみの女の子。

全ての女の子が、その子だけの輝きと可愛さを持っていた。それは彼女たちをずっと眺めていた私にしか気づけない魅力なのだ。

この本は、そんなクラスメイトの女の子たちへ綴った〝時を越えたラブレター〟をまとめたものである。
四十代独身男性になった今の私にしか書けな

い熱い想いを、これでもかとぶつけたつもりだ。

この本を書いていてわかったことがある。

やっぱり親父の予言は外れていた。

だって、私はずっと恋をしていたのだから。

そう、私は、クラスメイトの女子、全員が好きだった。

校門、水飲み場、運動場、体育館裏、登下校で通った道、クラスのいじめっこ、怖かった先生、懐かしい学校の風景を思い浮かべながら読んで欲しい。あなたの記憶の中に埋もれた、素敵なクラスメイトをきっとひとりは思い出すはずだから。

目次

小学校編

中学・高校編

傘をささない僕らのスタンド・バイ・ミー

とにかく、傘をさすことが少ない人生を歩んできた。

厳格な父親は、幼い我が子に「男は雨に濡れるぐらいでちょうどいい。簡単に傘をさすのは弱虫だ。雨に負けない強い男になれ」と言った。

その言葉に従った息子は、少々の雨では傘をささない「ヤバい子供」になった。

傘をささぬ者の周りには、同じように傘をささない者が集まり、傘をささない奴はだいたい友達になった。

幼い頃からの性分は、大人になった今も変わらない。

たとえば、初めて会う人との待ち合わせ、その日の空が雨模様だと、私の胸は急に躍り出す。

待ち合わせの相手が約束の場所に傘をささずに来てくれたら、この出会いはきっと素晴らしいものになる！　そんな期待に身を震わせ、私は雨が降りしきる街に飛び出していく。

こうやって身体を雨に濡らすたびに、私はいつも、ひとりの女の子を思い出す。

彼女の名は新井まどか、小学校二年生のときのクラスメイトだ。

私が生まれ育った香川県は、全国有数の降雨量が少ない地域である。

北を中国山地、南を四国山地に守られた地形がその原因だ。迫りくる雨雲のほとんどが山々に遮られ、香川県の大地には恵みの雨が一切降らない。そのため、よく水不足に陥ってしまうことから、あちこちに溜め池が作られているのだ。

雨が降らないのだから台風だって来ない。

「台風○号が四国に直撃！」という報道があっても、実際に被害に遭うのは太平洋側の高知県ばかり。四国四県のうち香川県にだけ警報すら出ないなんてことはザラだった。

こんなことを言ったら、今まで台風の被害に遭われた人には大変申し訳ないが、香川県の子供は「台風」に変な憧れを持っている。

一九八七年、当時小学二年生の私もその通りであった。親父の話では、私の住む町に大きな台風が直撃したのは八年前で、それは私がこの世に生を受けた一九七九年のことだった。ということは、私は生まれてこのかた大きな台風を経験したことがないわけだ。

見たい。

この目で台風を見たい。

台風の荒々しさを感じたい。

台風の目の中に入りたい。

風の強さは？　その音は？　雨はいったいどれぐらい降る？

積もり積もった台風への興味は、もはや信仰に近いレベルになっていた。

そして一九八七年、ついに台風との出会いがやってきた。


その年の十月、夜から早朝にかけて大型の台風十九号が香川県に急接近するとの天気予報。明日の学校は休校との知らせが、帰りのホームルームで担任から告げられた。

クラスの男子はいっせいに色めき立ち、女子は恐怖におびえている。私にいたっては、明日が楽しみ過ぎて、もう半分イっていた。

学校からの帰り道、夜を待ちきれず、スキップをしながらウキウキ気分で下校していると、「お〜い！」と、後ろから私を呼ぶ声がする。

マルコメ頭の平尾君だ。小さい頃から少林寺拳法の道場に通っている平尾君。彼も私と同じく雨の日に傘をささないバカである。

「お〜い！　明日、川に遊びに行こうや」

「川？　明日台風やで？」

「アホ、台風やから遊ぶんや」

「どういうことよ？」

「うちの兄ちゃんに聞いたらな、台風の後って川がヤバいことになるらしいで。津波みたいにドドド〜！　って流れるんやってさ」

「え、そうなんや、見てみたいなぁ」

「やろ？　だから明日、台風が通った後に見に行こうや。昼ぐらいかな。兄ちゃんも一緒にくるからさ」

中学二年生の平尾君の兄ちゃんは、少林寺拳法の大会でよく優勝しているツワモノだ。あの化け物が来てくれるなら、少しぐらい危ないことがあっても平気だろう。

「わかった。行く！」

明日の昼二時に川の堤防で待ち合わせることを約束して、私たちは別れた。

その夜、天気予報の言った通り、本当に台風がやってきた。「ミシミシッ！」と嫌な音を立てて、家の天井と壁がきしみ始める。私は家族にバレないように布団を抜け出し、勝手口の小さな窓から外の様子を窺う。漆黒の闇に包まれた空間から、「ブォォォォ！　ブォォォォ！」と、ダンプカーのエンジン音のような風の音が響いてくる。次の瞬間、庭に生えたイチョウの木の枝が「ベキベキッ！」とへし折れる音がした。遠くからは悲鳴にも似た野良犬の遠吠えのような声も聴こえてくる。

これが台風か。小学二年生の私にも、自然の持つ圧倒的な破壊力だけは肌で感じられる。芸術でもなんでも、本当にすごいものは、理屈ぬきに誰にでも伝わるものなのだ。

台風と遭遇した興奮で、しばらく眠ることができなかったが、吹き荒れる風と雨の音を子守唄代わりにして、私は知らないうちに深い眠りに落ちていった。

翌日、少し寝坊して昼の十二時に起床。すでに台風はいなくなっていた。外はまだ強めの風が吹いているが、雨は小雨ぐらいに弱まっている。

おそるおそる親父に、外に遊びに行ってくることを伝えてみる。殴られるかなと思ったが「気をつけてな」としか親父は言わなかった。

雨がぱらつく中、いつものように傘をささず、平尾君との待ち合わせ場所を目指し、水たまりを避けてひた走る。

「ゴゴゴゴゴ……」

堤防に近づくにつれ、地鳴りのような音が周囲に響き始める。地震と間違うほどの轟音は、なんと川の流れる音だった。

堤防のてっぺんに駆け上り、川全体を見下ろすと、普段は十センチぐらいしかない水位が、おそらく二〜三メートルまで上昇していた。どす黒い色をした濁流がうねりを上げている。あれに巻き込まれたら大人でもひとたまりもないだろう。

普段は穏やかな川が見せるもうひとつの顔。早く平尾君にもこれを見せてあげたい。だが、待ち合わせ場所に彼の姿はまだ見えず、そこに代わりに現れたのは思いもしない人物だった。

同じクラスの新井まどかさんだ。

新井さんはマッシュルームカットがよく似合う小柄な女の子で、両のほっぺを真っ赤に染めた彼女は、まるでキノコの妖精のように可愛らしかった。

とくに仲良くしていたわけではないが、実はちょっと前から気になる存在であった新井さん。なぜなら、私や平尾君と同じように彼女も雨の日に傘をささない子だったからだ。おそらく、彼女も私のことを「傘をささない仲間」として認識しているのではないか。

新井さんは、こちらの存在にはまったく気づいていない様子で、荒々しい川の流れをただジ〜ッと見つめていた。

昼寝でもしているのか、親に止められたのかはわからないが、平尾兄弟が現れる気配はいっこうにない。私は暇つぶしも兼ねて、新井さんに話しかけることにした。驚かさないように遠目から「お〜い、お〜い」と何度か呼びかける。ようやく私に気づいた彼女は、小走りでこちらに近づいてくる。

「あれ、こんなとこで何してるん？」

「新井さんこそ、なんでこんなところに来てるん」

「私、台風の後の川が見たくなってん」

「ああ、じゃあ僕らと同じか。僕は平尾君に誘われたんよ」

「あんたらいつも仲いいね」

「新井さんって変な子やな。女の子ひとりで台風の日に外に出るとか」

「女の子の友達誘っても誰も一緒に来てくれへんのよ。私は男の子が羨ましい」

「そうなんかぁ、女の子も女の子でいろいろ大変なんやなぁ」

「それよりも見て！　川がすごいでぇ、灰色や！　海や！　津波や！」

「うん、めちゃくちゃ荒れてる。灰色の龍が泳いでるみたいや」

「え？　龍？　ほんまや。これが龍に見えるとか、あんた天才やなぁ」

女の子に「天才」と言われて、私はてへへと照れる。新井さんは構わず話を続ける。

「前から聞きたかってんけど、あんたって雨の日にどうして傘ささへんの？」

「あぁ、あれはな。お父さんの命令なんよ。雨に負けるような弱い男になるなって、昔から言われてるんや。傘に甘えるなって」

「え！　お父さんが言ってるの？」

「うちはお母さんがいないからな、お父さんが変に厳しいのよ。それなら新井さんもやん。なんで傘をささへんの」

「雨に濡れたら気持ちいいからや」

「気持ちいい？　わからへんわぁ」

「家で嫌なことがあったら雨に濡れるの。冷たい雨が気持ち良くて嫌なこと全部忘れるねん」

「そんなに嫌なことあるん？」

「うちはお父さんもお母さんもおるけど、どっちも全然優しくないねん」

「そうなんか」

何も言えなくなってしまう私。大人になった今ならわかるが、きっと新井さんは両親からDVに近いことを受けていたんじゃないかと思う。体育の授業の時、彼女の体のあちこちにひどい内出血があったのをよく覚えている。

これ以上この話を続けないほうがいい。私はとっさに話題を変えた。

「あれちゃう。新井さんって河童なんちゃう？」

「何よ河童って。ひどいなぁ」

「水に濡れたら気持ちいいとか、きっと河童や、前世が河童や」

「河童かぁ、でも河童の方が人間より楽しいかもなぁ」

「僕も河童になったら、お父さんに喧嘩や相撲で勝てるかなぁ」

「きっと勝てるよ。なぁ、私と一緒に河童になろうやぁ」

そんなバカ話をしていると、川の上流から異様な物体が流れてくるのが目に入った。

上下に激しく揺れる物体……、あの大きさと形は……人だ！

「新井さん！　人や！　人が流れてきたで！」

「え？　どこ、あ！」

「な！　あれ、人に見えるよな？」

「うん、あれ死んでるんかな？」

「うん、ぐったりしてるなぁ」

「ええ、どうしよか」

「どうしたらええんかな」

「とりあえず追いかける？」

「え、なんで追いかけるの？　ああ、でも、そうしよか」

まずは警察に連絡をするべきなのだが、気が動転している小学二年生にそんな知恵は浮かばない。というより、突如目の前に現れた死体への好奇心を抑え切れなかったのだ。

「新井さん、行こう！」

「うん！」

さっき仲良くなったばかりの女の子と、息を切らせながら二人で堤防の上を全力で走る。川を流れていく死体を追いかけて。
四、五百メートルほど走ったところで、後方にいた新井さんがドテッという感じでコケてしまう。泣くことはないが、痛そうに右膝を押さえている。残念だが、追跡はここまでのようだ。
「何してんの！　私はええから追いかけて！」

そんな無茶を言われても、女の子をこんな場所に残していくわけにはいかない。それに、死体よりは女の子を優先できる男でいたい。

私は「まだ走れそう？」と確認をとり、新井さんが小さく頷くのを見て「一緒に行こう」と彼女の手を強く握った。

実は女の子の手を握るのはこれが生まれて初めてだった。私は今、女の子の手を握って一緒に死体を追いかけている。

一九八七年に公開された外国映画『スタンド・バイ・ミー』は、乱暴に言えば、四人の少年たちが死体探しの旅に出る青春物語だった。ああ、そうか、これが私と新井さんの『スタンド・バイ・ミー』なんだな。ここまで来たら、行ける所まで行ってみよう。

しかし、昨夜の集中豪雨で水かさを増した川の流れは、小学生の足で追いつける速さではなかった。川が大きく開ける川下の公園付近まで追いかけたが、死体と思われる物体を見失ってしまった。

川下には、上流からの水が、滝のように流れ落ちる場所がある。おそらく死体はあそこに落ちていったのだろう。何だか地獄へと通じる穴のような不気味な場所だ。

「怖いな」と私が漏らすと、新井さんはまったく真逆のことを言った。

「そうかな。私、こういう場所は綺麗やと思う」

「え、これが？　水も濁ってるし汚いやん」

「なんで濁った色が汚いの？　赤色も黄色も濁った色も全部同じ色よ」

「ふぅん、変なの」

夢中で走ってきたので気づかなかったが、いつの間にか雨は上がっており、遠くに見える山の向こうから綺麗な虹が空に一直線に伸びていた。

「新井さん、虹、虹だよ。綺麗やなぁ」

「虹は嫌いよ。言うたやん、綺麗な色を好きな人ばかりとちゃうんよ」

「虹が嫌いなんて人、初めて会ったわ」

「私は黒とか白とかアゲハ蝶みたいな模様が好きやわぁ」

「アゲハ蝶は気持ち悪いよ。僕は蛾の模様の方がカッコイイわ」

「あんたも変やん、蝶より蛾が好きとか」

「あはは」

「あはは」

その後、公園のベンチ横にある自動販売機でメローイエローを買って一緒に飲んだ。炭酸飲料はいつだって子供に優しい。

「新井さん、そろそろ帰ろうか」

「うん、帰ろうや」

「あれ、ほんまに死体やったんかな」

「いや、違うと思うわ。でっかい何かに草が絡まってたんちゃう」

「そう言われたらそうやな」

「うん、もう忘れよ、楽しかったしええやん」

「よし、じゃあ誰にも内緒な」

「うん、内緒」

手をつないで走ってきた道を、今度は手をつながずに歩いて帰る。

「もう一度手をつなぎたいな」

そのひとことを伝える勇気が出せない私だった。


新井まどかさん。

濁った色が好きだとか、虹は嫌いだとか言うあなたに、変に影響を受けた私は、学校の美術の授業で、空を黄土色に塗ったり、花をこげ茶色に塗ったりして、先生によく怒られました。

そのたびに、あなたと見た台風の後の濁った川を思い出します。

濁った色の方が美しい。

大人になった今、ようやくその意味がわかってきたような気がします。

あなたはいったいどんな大人になったのでしょうか。できるなら、アゲハ蝶ではなく、蛾のような女性になっていて欲しいです。

あと、高校生の時に、可愛い女の子から「笑った顔がカナブンの裏側に似ているよ」って言われました。

あなたにそれを伝えたら「いいやん、虫の裏側、私は綺麗やと思う」と言って笑ってくれたのかな。そんなことをたまに思います。

新井まどかさん。

今ならわかる。

あなたは本当の美しさを知っている素敵な女性だった。

そして、私はあなたのことが大好きでした。

恋の隠し味はしそと塩昆布

「死ぬ！　死ぬ！」

「助けて……吐きそう……」

　次々に体調不良を訴える生徒たち、その対応に追われる先生。いつもは楽しい給食の時間が、このような地獄絵図になろうとは。しかも、その原因を作ったのは私の祖母なのだ。


　一九八八年九月、私の通う小学校で、あるコンテストが行われることになった。食欲の秋にかこつけた「あなたの家のオリジナル料理を教えてください！」というものだ。各家庭から料理のレシピを募集し、その中から優秀作品を選んで、実際に給食のメニューに採用するといった企画である。

　料理自慢のお母さんや飲食店を営む親御さんから、腕によりをかけた創作料理、誰でも簡単に作れるアイデア料理などが多数寄せられた中、なんと私の祖母のレシピが優秀作品のひとつに選ばれてしまった。

　母親がいない私にとって「おふくろの味」とは、すなわち祖母が作る料理のことだ。並みいる強敵を押しのけ、見事栄冠を手にした祖母。私は自分のことのように誇らしい気分だった。


　翌月、いよいよ祖母の料理がお披露目される日がやってきた。

「しそ御前　入門編」

　それが祖母の考えたレシピだった。

青じそと梅がふんだんに使われた混ぜご飯、ネギの代わりに青じそを具として使ったお味噌汁、醬油漬け、葉っぱをそのままカラッと揚げた天ぷら。普通の学校給食ではまずお目にかかれない渋すぎるラインナップだ。もっとも、私にとっては、よく家で口にする見慣れた料理だが。

教室のスピーカーから全校生徒に向けて、校内放送が流れる。

「今日の給食は三年一組の××君のお婆ちゃん発案の……」と、私の名前と料理の詳細がアナウンスされ、クラスメイトたちが一斉に拍手をする。悪い気はしなかった。

また、「まだ小さい子供には、〝しそ〟という食材はなじみの薄いものだと思います。簡単に作れるしそ料理を食べて、〝しそ〟の魅力に気づいてくれたら嬉しいです」という祖母の受賞コメントも読み上げられた。

「みなさん、手を合わせてください。い・た・だ・き・ま・す！」という学級委員長の号令からほどなくして、阿鼻叫喚の宴が始まった。

野菜が苦手な子はもちろんのこと、しそを初めて食べる子の口には、しそ特有の匂いとアクの強さは、およそ受け入れられないものだった。クラスのほとんどの生徒が悲鳴を上げ、口々に文句を言い始める。

「今まで食べた料理で一番まずい！」

「ドッグフードの方がまだマシだよ」

「先生、お腹痛いんで早退したいです」

なんともひどい言われようだ。そして集団心理とはおそろしいもので、暴言を吐くだけでは気が収まらない生徒が、私への責任転嫁を始める。

「おまえの婆ちゃん、俺らを殺す気かよ」

「おまえ、責任取ってみんなの分も食え」

私の机の上に次々に置いていかれるしそ御前。私はただうつむくことしかできなかった。

担任の先生の一喝によって、ようやく騒ぎは沈静化。「食べなくていいぞ」と先生は言ってくれたが、私は食べられるだけ、みんなの分のしそ料理を口の中に掻き込んだ。

昼休み、校内の様子を調べに行ったところ、どのクラスでも、しそ御前への不評の声が多数上がっていた。何も悪いことをしていないのに、取り返しのつかないことをしてしまったような申し訳ない気持ちになった。

その日、家に帰ると「今日の給食、婆ちゃんの料理が出たんやろ？　どうやった？」と祖母に聞かれた。私は即座に「うん、みんなおいしいって言ってたよ！」と嘘をついた。大好きな祖母に嘘をついたのは初めてだった。

今回の一件で、クラスのみんなにいじめられるんじゃないかとビクビクしていたが、喉元過ぎれば熱さを忘れるというか、そんな騒ぎなど何もなかったかのように、いつもと変わらぬ学校生活が私を待っていた。

だが、大好きな祖母の料理をバカにされたことを私は生涯忘れない。人生とは、傷つけられた者だけがその記憶を引きずって生きていくものなのだ。

しそ騒動から一週間ほど経ったある日の昼休み。ひとりの女の子が私に声をかけてきた。

彼女の名前は片岡理恵さん。天然パーマのくるっとしたクセっ毛と極太眉毛が印象的な女の子だ。そんなに目立つタイプではないが、あることが原因でクラスのみんなからは多少距離を置かれる存在だった。

「どうしたの、片岡さん」

「ねえ、言いたいことあるんだけど」

「うん」

「ちょっと前の給食で、お婆ちゃんのしそ料理出たよね」

「……」

「私はあれすごくおいしかったよ。ご飯もお味噌汁も漬物も天ぷらも全部！」

「え……そうなんだ」

「しそって初めて食べたけどおいしいね。あれから私、自分の家でも食べてるんだ」

「へぇ……」

「お婆ちゃんに言っといて。しそがおいしいこと教えてくれてありがとうって」

「うん、言っとく」

「絶対だよ～！」

そう言って、片岡さんは手を振って去って行った。

ようやく、祖母の料理を褒めてくれる子が現れたというのに、私は「ありがとう」という感謝の言葉を伝えることができなかった。恥ずかしかったわけではない。これにはちゃんとした理由がある。

なぜなら、片岡さんは鼻くそを食べる女の子だったからだ。

授業中も休み時間も、暇があれば、自分の鼻をほじっては、取れた鼻くそをモグモグと食べる。他人の目を気にせず、そうすることが当然かの如く豪快に食べる。それを食す姿には、ある種の気高さまで感じられた。給食を食べ終わった後に鼻くそを食べる片岡さん、彼女にとっては鼻くそが食後のデザートなのだ。

そんな彼女が言った。

「あなたのお婆ちゃんの料理はおいしい」と。

嬉しい。それは間違いないのだが、どうしても引っかかる。もし、片岡さんが自分の鼻くそをおいしいと思って食べているのなら、祖母の料理と鼻くその味がイコールということになる。それはちょっと認めたくない事実である。祖母の料理は鼻くそよりはおいしいはずなのだ。私の心は鼻くそを食べる女子の言葉によって激しくかき乱されるばかりだった。


家に帰ってからも頭の中は鼻くそのことでいっぱいだった。食卓に並べられた祖母の料理が全て鼻くそに見える。

頭がおかしくなりそうだったので、私は親父に相談することにした。全てを話して楽になりたかった。

「お父さん、鼻くそっておいしいのかな」

「なんやおまえ、いきなり」

「いや、ちょっと気になってさ」

「うちが貧乏やからって、鼻くそ食べて腹を膨らまそうとか思ってるんか！」

鼻くそのせいで親父に殴られてしまった。鼻くそに翻弄されるがままの我が人生よ。


それから一か月ほど思い悩んだが、自分を納得させられる答えが出そうにないので、私は片岡さんともう一度話をすることにした。彼女を傷つけてしまうかもしれないが、このままだと私の方がノイローゼになりそうだった。

「片岡さん、言いにくいんだけどさ」

「何？」

「片岡さんって、なんで鼻くそを食べるの？」

直球で聞いてしまった。何も言えずに困った顔をして固まる片岡さん。このまま泣かれたら面倒だな。

「いや、僕もたまに食べたくなるんだ。だから聞いてみたんだよ」

とっさに苦し紛れのフォローをする。

「うんとね、私、小さい頃からずっと食べてるの」

「親は怒らないの？」

「どっちもあんまり家にいないから、私が鼻くそを食べてるのに気付いてないの」

「あのさ、鼻くそっておいしいの？」

「わかんない。味はするけどね」

「味ってあるの？」

「するよ、しょっぱい味」

「似てる味はある？」

「塩昆布の味に似てる」

「僕、昆布の佃煮大好きなんだよ。めちゃくちゃうまそうな気がしてきた」

「日によって味が変わる時もあるよ。もっとしょっぱい日もある」

もっとしょっぱくなる？　まさか人の体調に合わせて鼻くその味も変わるとでもいうのか。興味は尽きないが、そろそろ本題に入らなければ。

「片岡さん！」

「わ！　何？」

「僕の婆ちゃんのしそ料理と鼻くそ、どっちがおいしかった？」

「え？」

「いや、婆ちゃんの料理おいしいって言ってたからさ。いつも食べてる鼻くそとどっちがおいしいのかなって」

「そんなの比べられないよ」

「……」

私は、祈るような気持ちで、片岡さんの言葉を待つ。

「お婆ちゃんの方だよ。だって鼻くそは料理じゃないもん」

そうだ。鼻くそは料理じゃない。その通りだ。

「うん、ありがとう。片岡さん、ありがとう」

私はようやく感謝の気持ちを素直に伝えることができた。事態を呑み込めていない片岡さんもとりあえず笑っている。自分の目的を達成した満足感もつかの間、すぐに彼女に申し訳ないことをしてしまったという後悔の念に襲われた。聞かれたら嫌なことにもちゃんと答えてくれた彼女に何かお礼をしたい。片岡さんが喜びそうなことって何だろう。私は必死で考えた。そして、閃いた。

「片岡さん、僕、鼻くそ食べてみるよ」

「え！　なんで？」

「いや、前から食べたかったんだよ」

「やめときなよ〜」

「なんだよ、そっちはいつも食べてるじゃん」

「でも〜」

もう勢いでいくしかない。私は意を決して己の鼻をほじる。奥の方にちょうどいい大きさのブツがある。私はコレを食べるんだ、食べろ、食べてしまえ。両目を瞑り、えいやっと口の中に鼻くそを放り込む。そして二、三度噛みしめ、それをゴクリと飲み込んだ。

「……」

「……」

「塩昆布の味だね」

「でしょ〜」

そう言って二人で笑った。本当はそんな味なんてしなかったけど、私は嘘をついた。彼女が笑ってくれると思ったからだ。

これが人生で初めて鼻くそを食べた日の思い出だ。片岡さんのような愛嬌のある可愛い女の子の前で鼻くそを食べた私は、世界で一番幸せに鼻くそを食べた男かもしれない。

その後、クラスが別々になり、二人で話す機会はほとんどなくなった。六年生で久しぶりに同じクラスになった時、もう片岡さんは鼻くそを食べなくなっていた。彼女が自分の知らない女の子になったような気がして少し寂しかった。


大人になってからも再会できていない片岡さんに聞きたいことが山ほどある。

いつ頃鼻くそを食べなくなりましたか？

そのきっかけはなんですか？

昆布を見たら鼻くそのことを思い出しませんか？

大人になってから、鼻くそをほじった時に、私との思い出が蘇ったりしませんか？

私は鼻くそをほじると、たまにあなたのことを思い出します。

そして今ならはっきりわかる。

片岡理恵さん、私は鼻くそを食べるあなたが好きでした。

この世で
一番「赤」が
似合う女の子

この世で一番「赤」が似合う女の子。それは、松浦千沙しかありえない。

小学四年生の時に初めて同じクラスになった松浦さん。おかっぱ頭がチャームポイントで、座敷童子のような佇まいがとてもキュートな女の子だった。

幼い頃から吃音《きつおん》を患っていたらしい彼女は、「こ、こ、こここ、こん、こんにちは」と、喋り始めの音が重なってしまう「連発」の症状が顕著にみられた。小学生には仕方のないことだが、クラスメイトのほとんどは、彼女の喋り方をちょっと面白がっていた。

自分だけ善人面をするわけではないが、私は松浦さんの喋り方は可愛いなと思っていた。とくに、国語の授業で彼女が教科書を音読する声が好きだった。スラスラと流れるように文を読む優等生の声は機械みたいで味気ない。言葉に詰まりながらも、一生懸命に読み進めようとする松浦さんの声からは、血が通った人間のぬくもりが感じられた。

実は私も、幼稚園の頃に吃音に悩まされた過去がある。私の症状は、次の言葉が出てこなくて口ごもってしまう「難発」と呼ばれるものだった。体が成長するのに合わせて自然と症状が改善され、小学校に入学する頃には普通に喋れるようになっていた。そんな境遇もあり、私は松浦さんに密かな親近感を抱いていた。朝は「おはよう」、下校時には「ばいばい」と私から声をかけ、席が隣同士だった時は、休み時間に他愛もない話で盛り上がっていた。

ある日、「わ、わ、わわたしの、し、し、しゃべりかた、へ、へ、へへへん?」と彼女に聞かれた時、私は答えに困ってしまった。「変じゃない」と答えるのは、現実から目を背けた綺麗事のような気がした。だからといって「君の喋り方が好きだ」と告白するのは恥ずかしい。私が何も言えずにいると「い、い、いいいいつも、は、はははなしかけてくれて、あ、あ、ああ、あああありがとう」と彼女は顔を真っ赤にして笑った。私は、笑うとできる彼女の両えくぼが大好きだった。

GW明け、一匹の悪魔が動き出した。福岡君というクラスで一番のいじめっこだ。彼のいじめの標的は、自分より弱い女の子のみで、女の子の泣き顔を見ることに快感を覚えるなんとも冷酷非道な男だった。クラスの女子たちが次々と彼の毒牙にかかる中、松浦さんだけが決して涙を見せなかった。彼女を泣かせるために、福岡君のいじめはエスカレートの一途をたどってゆく。

吃音をバカにした悪口、上履きに画鋲を入れるような悪質なイタズラはもちろんのこと、殴る蹴るの純粋な暴力を用いて、松浦さんを痛めつける福岡君。だが、彼女は何をされても絶対に泣かなかった。

もちろん、私もただ手をこまねいて見ていたわけではない。クラスのみんなで一丸となり、力ずくで福岡君の蛮行を何度も止めた。だが、少しの間はおとなしくしているものの、またすぐに彼はいじめを再開してしまうのだ。

担任の先生は教職免許取り立ての新任教師で、いじめの相談をしても「みんなでサッカーをすれば仲良くなるぞ」としか答えないサッカーオタクの役立たずだった。他の先生にも助けをあおいでみるも、他のクラスの厄介ごとには興味がないとばかりに、どいつもこいつも完全無視を決め込みやがった。

　こうなったら親に相談したらどうかと松浦さんに提案すると、「お、お、おやは！　い、い、いいいいやだ！」と大声を出して拒絶した。恐怖におびえるその様子を見ていると、これ以上、彼女のプライベートに土足で踏み込むことはできなかった。

　その後もあれやこれやと知恵を絞り、ついにひとつの光明を見出した私は、早速松浦さんと作戦会議を開くことにした。

「一回泣き顔を見せれば、きっと福岡の奴も満足するだろうからさ。嘘泣きをすればいいんだよ」

「で、で、ででも、あ、ああ、ああいつに、ま、まま、まけたみたいで、い、い、いいやだ」

「作戦勝ちってことでいいじゃん。ほら、うまく泣けないなら目薬使って泣けばいいし」

「……ぜ、ぜ、ぜっ、ぜったい！　い、い、いい、いいやだ！」

　そう言ったきり、松浦さんは口を閉ざしてしまう。何日にもわたって説得を試みるも、彼女が首を縦に振ることはなかった。

　五月から始まった松浦さんへのいじめは、夏になっても終わることはない。彼女は福岡君の陰湿な嫌がらせを二か月にわたり耐え続け、私はどうすることもできない己の無力さを嘆くばかりだった。

　そんな七月の日曜日、親父の買い物に付き合わされて、車で二十分ほどかかる隣町のホームセンターにやってきた私は、信じられない光景を目撃した。何気なく目をやったインテリアコーナーに、場末のホステスが着るような真っ赤なワンピースドレスに身を包んだ松浦さんがいたのだ。制服と体操服とスクール水着の松浦さんしか知らない私は、そのギャップになぜか胸がドキドキした。

「赤いワンピース似合ってるね」と声をかけてあげよう。そう思って、足を踏み出した瞬間だった。

展示品のベッドの上を、狐に取り憑かれたかのように、「あああびゃああ！」と奇声を上げながら、松浦さんが半狂乱で飛び跳ね出したのだ。

「……怖い」

身の危険を感じた私は、彼女に気づかれぬように、静かにその場を立ち去ることにした。ホームセンターからの帰り道、懸命に思考を巡らせる。おそらく、あのホームセンターは松浦さんにとっての楽園なのだ。吃音やいじめ、それと家庭環境にも苦しんでいる彼女は、ああやって感情を爆発させることで、気持ちをリセットして毎日を頑張っているに違いない。とにかく、今日見たことの全てを忘れることにしよう。でも、赤いワンピースは本当によく似合っていた。それだけは覚えておきたい。

だが、私はやっぱり子供だった。子供とは己の欲望に負けてしまうからこそ子供なのである。

翌日、教室で松浦さんと顔を合わせた瞬間、どうしても昨日の光景が頭をよぎった私は、「昨日さ、赤いワンピースを着て、隣町のホームセンターにいたでしょ？」と聞いてしまった。

三十秒ほどの沈黙の後、彼女は「ヴォ、ヴォ、ヴォ、ヴォォオ！」と、この世のものとは思えぬ声で泣き始めた。何があっても涙を見せない松浦さんが大粒の涙を流して泣いている。教室にいた全ての生徒が、慟哭する彼女を茫然と眺めていた。何があっても泣かない鉄の女を泣かせてしまったのは、いじめっこではなく私だったのだ。

担任の先生と福岡君から「おまえ、いったいどんなひどいことを言ったんだ？」と追及されたが、口が裂けても本当のことは言わなかった。それが、私が彼女のためにできる唯一のことなのだから。

念願だった松浦さんの泣き顔を見た福岡君は、それに満足して彼女へのいじめをやめた。ようやくクラスに平穏な日々が戻ってきた。何事もなかったかのように、松浦さんはいつもの明るい笑顔を取り戻し、クラスメイトも彼女が泣いたあの日のことは決して口にしなかった。一個だけ変わったことといえば、私と松浦さんがひとことも口をきかなくなったことだけだ。


せめて別のクラスになれたら気が楽だったのに、私と松浦さんは卒業まで同じクラスだった。クロッキーの授業でお互いの手を一回スケッチし合ったのと、六年生のときの演劇祭で、乙姫様の後ろで怪しいダンスを踊るイカの役を二人で演じたこと以外は、何の接点もないまま、私たちは小学校を卒業した。

中学生になったら、頃合いを見て謝罪しようと思っていたのに、松浦さんは、家庭の都合で別の地域の中学に転校してしまった。赤いワンピースが似合う彼女は、永遠に私の手の届かない所に行ってしまった。

時は流れ、成人式の日。慣れないスーツに身を包み、記念式典が行われる町民体育館へと向かう。久しぶりに再会した旧友と、昔話に花を咲かせるうち、お互いに体と態度の大きさだけは一人前だが、精神年齢は小学生のままで止まっていることに安心感を覚える。他に顔見知りがいないか、会場内を見回すと、ひときわ赤を強調した派手な振袖の女の子が目に留まった。

松浦さんだ。

やっと会えた。

両手で赤ちゃんを大事そうに抱きかかえている彼女を見て、声をかけようと駆け出しそうになった足をすぐに止める。

そうか、結婚したんだな。よかった。吃音はもう治ったのかな。それは余計なお世話か。しかし、相変わらず赤い服がよく似合うな。でも、口紅はちょっと赤く塗り過ぎかな、と無理やり文句をつけてみる。なんだか松浦さんだけ大人になってしまったみたいで、ちょっとズルい。

心の中で「あの時は泣かせてごめんなさい」と謝ってから、彼女に見つからないように会場の隅にこっそりと移動する。無料で配られている缶ビールをもらって一気に飲み干す。苦い。これだからビールは嫌いだ。私はカルーアミルクみたいな甘い酒が好きなんだ。もう一度振り返って、松浦さんの横顔を見る。本当に赤がよく似合う女だ。そのことを、私は昔から知っていた。苦い記憶を酒と一緒に胃に流し込もうと、私は一気にビールを飲み、激しく咽せる。何度も何度も咽せて、少し泣いた。

元号が「平成」から「令和」に変わり、私は四十歳になった。大人になったかどうかはわからないが、なんやかんや四十年間生きてきた。

これまでの人生を振り返ってみても、松浦さんより赤が似合う女にはまだ出会ったことがない。これは誇張じゃなくて本当だ。そして、それはこれから先も変わらないだろう。

そう、今ならはっきりとわかる。

松浦千沙さん、私はあなたのことが好きでした。

宇宙で一番美しい嘔吐

白川梓は「キャベ」である。

小学四年生の白川梓は、ソバカスだらけの顔に、二つに分けたおさげの髪型をした「赤毛のアン」にそっくりな女の子。顔はそんなに可愛くないし、人と話すのが苦手で引っ込み思案な性格だったが、なぜか人の気を引く妙な雰囲気を持っていた彼女は、うちのクラスのマスコット的存在だった。

だが、白川梓は「キャベ」なのだ。

「キャベ」というのは、白川さんのあだ名である。そして、彼女がそのような奇怪な名で呼ばれる原因を作ったのは、何を隠そう私なのだ。


それは二学期のこと。始業式の後のホームルームが早めに終わった我々四年二組は、担任の先生の粋な計らいにより、運動場でドッジボールをして遊ぶことになった。

今はどうかわからないが、一九八九年の小学生といえば、みんなで外で遊ぶとなったらドッジボール一択である。

「グーとパーでわかれましょ♪」で、男女混合の二つのチームを作って試合開始。さっきまで眠そうにしていた悪ガキ共、体育が得意な生徒たちが、水を得た魚のように校庭を元気に飛び回る。

何の得にもならぬ球遊びに無駄な体力を使いたくない私は、外野からコート内の味方にパスを回す地味な役回りに徹する。自分自身は危険にさらされることのない安全な仕事が私の性に合っている。

そして、その時は突然訪れた。

味方からのパスをキャッチした私の目の前で、大きくバランスを崩してズッコケるひとりの女生徒。それが白川さんだった。

「よし！　顔にぶち当てろ！　殺せ！」

ガキ大将の三宅君から残酷な指示が飛ぶ。本当はこんなことはしたくない。だが、たかが小学校の一クラスといえども、その実体は四十人の村社会なのだ。絶対的権力者であるガキ大将に目を付けられては後々面倒なことになる。

「ごめんね」とつぶやき、私は右手を大きく振りかぶった。だが、女の子の顔にボールをぶつけるのはどうしても抵抗がある。私は、ボールを離す直前に手の角度を変え、白川さんの胸の辺り目掛けて腕を振り下ろした。

ところが、私の投げたボールは狙いを外し、「ズボッ！」と鈍い音を立て、ボクシングのボディブローのように彼女のお腹にめり込んでしまった。

「キャベ〜！」

白川さんは、地球上のどの生き物の鳴き声にも属さないであろう変な声を出しながら、大量のゲロを吐いた。

「なんだよ、キャベって」

「白川って人間じゃないのかもな」

「やるじゃんお前、化け物退治したな」

「白川は妖怪キャベだ！」

口々に好きなことを言うクラスメイトたち。たった一回のドッジボールで、私の投げた一球のボールで、ひとりの女の子の人生が変わってしまった。

その日から白川さんはみんなから「キャベ」と呼ばれるようになった。クラスのみんなは軽い気持ちで言っていたのかもしれないが、私の目には充分過ぎるほどのいじめに見えた。

いじめられないためには、クラスで一番強い奴に気に入られること。
いじめられないためには、目立つ発言をしないこと。
いじめられないためには、清潔な服装を心がけること。
いじめられないためには、勉強も運動も本気を出さないこと。
いじめられないためには、みんなの前で泣かないこと。

父子家庭に育ち、多額の借金を抱える家で生きる私は、少しでも家計の足しになればと小学二年生から内職を手伝うようになった。意地悪な親戚や内職仕事を斡旋してくれる怪しい業者のオッサンと付き合っているうちに、世の中でいじめられないための処世術を私は自然と身につけていた。しかし、自分が原因で誰かがいじめられるのは想定外の出来事だった。

白川さんは元々よく吐く女の子だった。遠足のバスの中、全校集会の途中、授業中にいきなり気分を悪くして吐くことも多々あった。言い過ぎではなく、週に一度は吐いていたと思う。

「きっとお腹の病気だと思うの」

彼女はそう言っていた。病気なら仕方ないねと、クラスのみんなは一応は納得していたが、あの日のドッジボールで風向きが変わってしまった。

白川さんが吐くたびに、「キャ〜べ！　キャ〜べ！」という心ない声が上がるようになり、彼女のモノマネをして笑いを取る奴なんかも現れた。「も〜やめてよ〜」と白川さんは相変わらずケラケラと笑っていたが、その無邪気な笑顔を見るたびに、私は自分の身が引き裂かれるような思いがした。


いじめをやめさせる勇気はないが、白川さんのために何かできることはないものか。子供なりに必死で考えた末、私はあることを決意した。

三学期の保健委員に立候補しよう。

保健委員の仕事はおもに三つ、予防注射をする時に保健室の先生の手伝いをすること、授業中に気分が悪くなった生徒の付き添いで保健室に行くこと、そしてゲロ掃除。当時、白川さんが高頻度で吐くこともあり、ゲロ掃除を嫌がって保健委員になりたがる人はいなかった。

そう、せめてもの罪滅ぼしとして私ができるのは、彼女のゲロを掃除することしかない。

予想した通り、私以外に立候補者はおらず、無事に保健委員の座を射止めることができた。あとは女子の保健委員が誰になるかが問題だったが、なんと白川さんがおずおずとその手を上げたではないか。

彼女は自分のゲロを自分で掃除しようというのか。優しい白川さんのことだ。クラスのみんなに嫌なことをさせて申し訳ないと気に病んでいたのだろう。いったいどこまでけなげなのだ。

三学期も変わることなく、白川さんは吐いた。冬の寒さも手伝って、多い時は週に三度吐いた。ガキ大将の三宅君は「キャベが吐いた回数が、近鉄のブライアントのホームラン数を超えた！」と騒いでいた。

白川さんが吐くたびに、私はトイレットペーパー、濡れ雑巾、洗剤を使って丁寧にゲロを掃除した。吐く回数が多いので、私の掃除の腕前もどんどん上達していく。彼女も頑張って手伝おうとはしてくれるのだが、ゲロを吐いた直後に無理をして欲しくないので、安静にしてもらっていた。

黙々と掃除をしていると、白川さんが「ごめんね」という目でこちらをじっと見つめていた。その無言のプレッシャーに耐え切れなくなった私は、彼女と無駄話をしながら作業をするようになった。

いじめられっこの白川さんと気軽に話すことはできないが、ゲロ掃除のときに、こっそり話すぐらいならクラスメイトにバレはしないだろう。彼女がゲロを吐くたび、私たちは仲良く会話を重ね、少しずつだがその距離を縮めていった。

そんな二月の晴れた日のこと、一時間目の体育の授業の帰り、校舎と体育館を結ぶ渡り廊下で豪快にゲロを吐いた白川さん。クラスメイトの目が届かない場所で二人きりのゲロ掃除。私はこの機を逃さず、白川さんに自分の気持ちを打ち明けることにした。

「あのさ、白川さんがいじめられるようになったのは、僕のせいだよね。本当にごめんね」

「えぇっ！」

「僕がドッジボールを変なところにぶつけちゃったからさ、あの時からキャベって呼ばれるようになったじゃん」

「……あ、うん」

「本当にごめんね」

「私はいじめられてる気がしないんだけど……、みんなのあれってイジメなの？」

「いや、だってひどいじゃん、キャベ、キャベって」

「私、キャベって名前、好きだよ。ほら、ティンカー・ベルみたいで可愛いでしょ？」

「……」

「なんで笑ってるの」

「変なこと言うなぁと思って」

「そうかなぁ、う～ん」

「ところでさ、なんであの時『キャベ～！』って叫んだの？」

「ボールをぶつけられるのが怖くて『キャ～！』って言いたかったんじゃないかな」

「それなのに『キャベ～！』って言ったんだ」

「うん、『キャベ～！』って」

「ははは」

「ふふふ」

「わ、見てよ。ゲロから湯気が出てる」

「ほんまや、温泉みたいやなあ」

「これ、あんたが吐いたんやで」

「じゃあ、これからは温泉を出してる気持ちで吐くわ」

「なんやそれ」

目の前には吐きたてホヤホヤのゲロがあるというのに、私たちはおかまいなしに笑った。その日から、白川さんのゲロを汚いものとは思わなくなった。それは私の中で彼女のことが大切な存在になった証拠だった。


翌日の昼休み、担任の先生がいなくなったのを確認して、私は三宅君に声をかけた。

「なぁ、三宅君。もう白川さんをいじめるのはやめようや」

「あぁ？　なんで？」

「もうキャベって呼ぶのも飽きたやろ？」

「全然飽きてないけど？　何、おまえ、キャベのこと好きなの？」

「吐きたくて吐いてるわけじゃないのにかわいそうやろ」

「なんだよ、おまえ。俺に文句あんのかよ」

「ええから、もうやめようって」

「じゃあおまえが吐けや」

「え？」

「キャベの代わりにおまえが吐けよ。喉に指突っ込んでさ。『キャベ〜！』より面白い声で吐いたら、あいつをいじめるのやめてやるわ」

「本当やな。約束やぞ」

私は自分の喉の奥に指を突っ込んで何度も吐こうと試みる。「おえっおえっ」と戻しそうになるたびに、その日の給食で食べたレーズンパンとコンソメスープが胃から逆流してくるのを感じる。いける、あと少しで吐ける。だが、みんなが見ている前で吐くことが恥ずかしくて、あとちょっとのところで指を動かすことができない。

「おら、どうした。早く吐けよ。面白い声で吐かんか！　ボケ！」

三宅君の容赦のない言葉に心が折れてしまった私は、ポロポロと大粒の涙を流していた。おそらく、学校で泣いたのはこれが初めてだった。

もう少しだけ指を突っ込めば吐けそうなのに。

僕にはみんなの前でゲロを吐く勇気がない。

僕には大切な女の子を救うためのゲロを吐けない。

それが悔しくてただ泣いた。


次の日は、朝から体育館で全校集会だった。

全校集会の名物といえば校長先生のありがたい長話である。生徒たちはその場に体育座りをして、熱心に耳を傾けるフリをする。

その日の校長はいつにもまして絶好調で、十五分経ってもいっこうに話が終わる気配がない。生徒たちのイライラが頂点に達しようとしたとき、真っ青な顔をした白川さんがスッと立ち上がった。

「あ、吐くのかな」

危険を察知した周囲の人が彼女のそばから離れる。ところが、いつもならすぐに吐くはずの白川さんは、そこからフラフラと歩き始めた。そして、居眠りをしている三宅君のところまで近づくと、彼の頭の上に豪快にゲロをぶちまけた。

何が起こったのかわからずに固まったままの三宅君。「うわ〜」と逃げ惑う生徒たち。なぜか満足そうな顔をしている白川さん。やがて体育館中に響き渡る声で「え〜ん！　え〜ん！」と三宅君は泣き出してしまった。

私は気づいた。

もしかして、白川さんは私をいじめた三宅君をこらしめてくれたんじゃないか。吐くのを必死に我慢して、一歩、二歩と前に歩いて三宅君のもとに向かったに違いない。白川さんのためにゲロを吐くことができなかった私、そんな私のために彼女はゲロを吐いてくれたのだ。

月の上を歩いた宇宙飛行士の一歩よりも、彼女が私のために歩いてくれた一歩の方が、どんなに価値があるだろう。

このことで、白川さんへの風当たりが強くなるんじゃないかと心配したが、彼女は、無敵のガキ大将だった三宅君を泣かせた英雄としてクラスのみんなに讃えられた。あれだけひどかった彼女への嫌がらせはなくなり、私がいじめられるようなこともなかった。ひとりの女の子のゲロが世界を変えたのだ。

「汚い」とか「迷惑」とか、「ゲロ」にはマイナスのイメージばかりが付きまとう。だが、周りの人を幸せにする素敵な「ゲロ」を吐く女の子だっている。

それが白川梓さん、あなたです。

あの時は、私のためにゲロを吐いてくれてありがとう。面と向かってお礼は言えなかったけど感謝しています。

あなたが私のために吐いてくれたゲロはどんなゲロよりも美しかった。

中学に入ってからは疎遠になったけど、体が成長したおかげか、あなたが全然吐かなくなったことは知っていました。

嬉しいような、なぜか残念なような不思議な気持ちでした。

大人になってから酒に酔ってゲロを吐いている人を見かけるたび、あなたとあなたの吐いたゲロを思い出します。

そして、今なら言える。

白川梓さん、私はあなたと、あなたの吐くゲロが大好きでした。

さて、最初に噂を聞いた時は耳を疑いましたが、どうやら高校生の時にあの三宅君と付き合っていたそうですね。いったい何がどうなったらそうなるんでしょうか。もしかしてあのゲロが繋いだ縁なのでしょうか。今度ゆっくりお会いすることがあれば、二人のなれそめを詳しく教えてください。そのときを楽しみにしています。

ワックスの海を滑る僕らの学級委員長

小学生の時、クラスメイトの投票で学級委員に選ばれることが多かった。

だが、それは別にたいしたことではない。

所詮、小学校における学級委員選挙なんてものは、ガキ大将の言いなりになるクラスの代表者を選ぶための投票にしか過ぎないのだから。

勉強も運動も平均以上にできて、容姿は整っていないが清潔感だけはある。計算高い私は、常にみんなに愛嬌を振りまいていたし、クラスのガキ大将との関係も良好とくれば、学級委員に選ばれるのは至極当然のことなのだ。

多額の借金を抱えた家に生を受け、少しでも家計の足しになればと、八歳の頃に、すでに労働者デビューをしていた私にとって、一銭の得にもならぬ学級委員の仕事は苦痛でしかなかった。しかし、いくら文句を言ったところで、選ばれてしまったものは仕方がない。ここは担任の先生への点数稼ぎになればと割り切り、ホームルームの司会、号令、点呼など日々の職務を粛々と務めていた。

そんな私でも、小学二年生で初めて学級委員に選ばれたときは、委員長バッジを家族に見せびらかせて喜んだものだが、その反応たるや散々なものだった。

「でもおまえは一年生のときに選ばれなかったやろ。それを反省しろ！」と親父に叱られ、祖父にいたっては「爺ちゃんはこんな小さいものじゃなくて、戦争でもっと大きな勲章をもらったんやぞ」とよくわからない自慢をされた。頼みの綱である祖母にも「そんなんはええから、今日の分の内職を頑張ろうな」と仕事を急かされる始末だった。

小学校時代は、二年生以降も毎年学級委員に選ばれては、面倒な仕事を押しつけられる羽目になるのだが、学級委員になってよかったなと思う年もあった。

それは小学五年生の一学期のこと。私にそう思わせてくれたのは、一緒に学級委員を務めてくれた中野美咲さんだった。

絵に描いたような優等生の中野さんは、テストの点数は、学校で一、二を争う成績をいつも収めていた。彼女の家は、祖父が中学校の校長先生、父と母は共に大学教授、二人の兄はどちらも東大生といった地元でも有名な秀才一家だった。

そのため、彼女は私たちの大半が進学する公立の中学校ではなく、私立の名門中学校に進むと早くから宣言していた。同じ中学に行かないということもあってか、なんとなく中野さんと私たちの間には目に見えない壁が存在し、どちらも必要以上に仲良くなろうとはしなかった。

中野さんは、一九九〇年頃の小学生には珍しい内巻きのショートボブの髪型に、高級感あふれる黒ぶち眼鏡をかけた大人っぽい女の子だった。おそらく、両親が腕の良い美容室にでも連れて行っていたのだろう。

才色兼備という言葉に相応しい彼女と、貧乏な育ちの私は不思議と馬が合った。学級委員の仕事に対する考え方がよく似ており、お互いに効率重視で物事を進めようとするので、一緒に作業をしていて余計なストレスを感じないのだ。「阿吽の呼吸」とはこのことかと、少し感動を覚えるほどだった。

といっても、二人とも必要最低限の会話しかしないので、変にベタベタすることはなかった。まあ、下手に仲良くなるよりも、このまま息の合う相棒でいた方がお互いに楽だと思っていた節もある。

一学期もあと少し、真夏の足音がすぐそこまで近づいてきた七月中旬の金曜日、学期末恒例のワックスがけの日がやってきた。体操服に着替えた生徒たちが、床の掃き掃除をする班と、机と椅子を教室の外に運び出す班に分かれて作業を開始する。

ワックスがけの工程はこうだ。

一、教室内の机、椅子を外に運び、床をホウキで綺麗に掃く。
二、床を濡れ雑巾でしっかりと拭いて、こびりついた汚れを丁寧に落とす。
三、濡れた床を一旦乾燥させる。
四、他の生徒は下校し、学級委員と担任の先生が居残りでワックスをかける。

これらの作業の中で、一番盛り上がるのは何といっても雑巾がけである。誰が一番先に十往復できるかといった条件を決め、みんなでレースをして遊ぶからだ。楽しく拭き掃除を行えるようにと、このときばかりは担任の先生もうるさいことは言わない。

だが、学級委員の私からすれば、お前らはバカ騒ぎして家に帰るからいいけども、こっちはわざわざ放課後に残ってワックスがけしなきゃいけねえんだよと、はらわたが煮えくり返っていた。

一時間半ほどかけて下準備は整った。私と中野さん、担任の先生を残して、クラスメイトたちは帰宅の途に就く。ヘビースモーカーの男性教諭が、煙草を吹かしつつ、倉庫からバケツいっぱいのワックスを持ってくる。

ワックスを少しずつ床にこぼし、それをモップでまんべんなく床に塗り込んでいく。力任せに擦るのではなく、優しく広げていくのがコツである。これで翌日になれば、教室の床はつるつるのピッカピカに光り輝くというわけだ。こちとら学級委員として、もう毎年のようにやっているので、作業自体は慣れたものだ。

「おまえらなら二人だけでもできるよな？　ワシは職員室でプリント整理でもしてるわ。終わるぐらいにまた来るから」

私たちに全幅の信頼を寄せている担任は、そう言ってその場を立ち去った。体よくサボりに入ったことは私も中野さんも勘づいていたが、いちいち怒るのも面倒臭いので、サッサと仕事に取り掛かることにした。やはり私たちはこういう時の考え方がよく似ている。

「中野さん、ワックス垂らすのとモップ、どっちやる？　ワックスが結構重いから僕が垂らそうか？」

「いや、私がワックスをするよ。中身が減ってどんどん軽くなるから、こっちの方が楽だと思うの」

相変わらず効率重視な女だなと思いつつ、私はモップを手に取る。教室の端から端まで無駄なくワックスを塗れるコースを思い描き、作業のシミュレーションを行う。二人が同じイメージを頭の中に描けたのを確認してから作業開始である。

ところが、最初に落とし穴があった。思った通り、ワックスはかなりの重さで、その重量に耐え切れなくなった中野さんは、早々にバケツをひっくり返してしまったのだ。

「あぁ！　いやぁ！　だめぇ！」

　中野さんの悲鳴も空しく、教室の床一面に白いワックスがバシャーンとこぼれ、大きな白い水溜まりが出来上がる。

「あら、やっちまったなぁ」と私が近づいた瞬間、すっかり気が動転してしまった彼女は、思わずワックスの方に駆け寄ってしまう。「中野さん、危ないよ」と注意する声も遅く、ワックスを踏んだ彼女は豪快にコケた。それはもうギャグ漫画のようにズッコケた。一瞬宙に浮かび、お尻からドスンと落ちて、体中ワックスまみれになった中野さん。一部始終を見届けた私は、彼女の身を心配する前に、どうにもこらえ切れなくなり「あっはっはっは」と声に出して笑ってしまった。

「あう～　あう～」と恨めしそうな声を出す中野さん。その声が面白くて私はさらに大声で笑う。

　次の瞬間、女の子が泣き出す前の嫌な沈黙が教室に流れた。これはヤバい。なんとか中野さんを元気づけようと思った私は、すぐに行動を起こす。

「しゅい～～～ん！」と叫び声を上げながら、私は床にこぼれたワックスめがけてヘッドスライディングを敢行する。腹這いの姿勢で床の上を一直線に滑る私。まるでカーリングのストーンのような動きだ。そのまま、掃除道具入れのロッカーに激突して止まった後、中野さんの方を向いて「最高に楽しいよ」と私は親指を立てる。

　最初は呆然としていた中野さんも、もう辛抱たまらんと笑みをこぼし、そのうち二人して大声で「あはははは！」と笑い出す。

「なんで、あなたもワックスまみれになるの～」

「いや、前から一度やってみたかったんだよ」

「普通あそこまでしないでしょ」

「体操服なんて洗えば綺麗になるんだしさ」

「そりゃそうなんだけど……」

「中野さんもやってみなよ。もう体中ワックスでベタベタじゃん」

「新しいワックスもらいに行かなくていいのかな?」

「その前にちょっとだけ遊ぼうよ」

私はそう言って、また腹這いになり中野さんの方に向かって勢いよく滑る。壁にぶつかりそうになった瞬間、壁を足で蹴って方向転換。エアホッケーのパックのように床の上を気持ちよさそうに滑る私を見ていた中野さんも「じゃあ一度だけ」と言って、黒ぶち眼鏡を外して、「えい!」と床の上にダイブ。相当楽しかったのか私が何も言わなくても、彼女は自分から床の上を何度も転がり始めた。

外からやかましいセミの鳴き声が聞こえてくる放課後の教室に二人きり。普段はバカなことをしない学級委員が、滑って、転がって、回って、笑って、ひと休みして、また滑って、転がって、回って、笑った。

先ほどまでのムシムシした夏の匂いはもうしなくなった。今、私たちの鼻をくすぐるのはワックスの匂いだけだ。

やがて、様子を見にきた担任の先生に、私たちはこっぴどく叱られることになる。

「あとは先生がやっとくから、お前らはプールのシャワーで身体洗ってこい！　アホが！」

大目玉をくらった私たちは、放課後に水泳クラブの指導をしている先生に頼んで、水着に着替えて一緒にシャワーを浴びる。私と中野さんは、そこでも水をかけ合い、子供のようにじゃれあった。

その日の帰り道、ふくれっ面をした中野さんが「私、先生に怒られないように今まで真面目にやってたのに、あなたのせいでめちゃくちゃ怒られたじゃん」と文句を言う。でも彼女がそれほど嫌そうじゃないのを私は知っている。「ひとりで怒られるより、二人一緒に怒られてよかったじゃん」と言い返すと、「それはそうかもね」と彼女は頷いた。

間違いなく一九九〇年で一番楽しい学校帰りだった。


私と中野さんは六年生になってからも学級委員に選ばれたが、残念なことに選出された学期が違い、もう一度コンビを組む夢は叶わなかった。小学校を卒業した後は、彼女は予定通り私立の名門中学に進み、そこから音信不通になってしまった。

でも実は一度だけ、高校生のときにJRの最寄り駅で中野さんを見かけたことがある。何に一番驚いたかといえば、さらに綺麗になった彼女の容姿よりも、とんでもなく大きく育ったその胸の膨らみであった。

小学校のときはぺっちゃんこだった胸が、当時大人気だったグラビアアイドルの雛形あきこや山田まりやに負けないほどの巨乳になっていた。もしかして、あのワックスがけのとき、床を滑ったことがとんでもないマッサージ効果を生み、君の胸を成長させたのか？

なんて下世話なことを伝えられるわけもなく、私は電車に乗り込んで去っていく愛しの巨乳（おそらくFカップ）を見送るだけだった。

これはつい最近のことだが、久しぶりに連絡をとった地元の旧友から面白い噂を耳にした。順調に名門高校、東大とステップアップした中野さんは、現在は霞ヶ関のエリート官僚として働いているらしい。嘘か本当かわからない話だが、本当にそうだったらいいなと私は思っている。


中野さん、相変わらずおっぱいは大きいですか？

小学校五年生のときに、一緒にワックスがけをしたこと、覚えていますか？

学校で一番の優等生だったあなたと、体中ワックスまみれになって遊んだあの夏の日を、私は絶対忘れません。

そして今なら言える。

中野美咲さん、私はあなたのことが好きでした。

今までいろんな人と一緒に仕事をしてきたけど、あなたを超えるパートナーにはまだ出会えていません。

あなたは最高に可愛くて、最高の相棒で、最高の学級委員でした。

恋の呪文はネルネルネルネ

人生で一人だけ、私のことを「ナイト」と呼んでくれた女の子がいる。

漢字で「騎士」と書く「ナイト」である。

その女の子の名はパトリシア。

遠くフランスから海を越え日本にやってきた金髪の転校生だった。


一九九〇年五月、GW明けの気だるい朝のホームルームにて、担任の先生の口から告げられたのは、思いもよらない言葉だった。

「今日から転校生が来ます。なんとフランスからの女の子です。おうちの都合で一か月半しか学校には来れないんですが、みなさん仲良くするように！」

転校生。

なんと甘美な響きであろうか。

自分がその立場になるのはまっぴらごめんだが、転校生を迎えることほど楽しいことはない。

「寝耳に水」の知らせに加え、転校生がフランス人ということもあり、クラスは一気に色めき立つ。もちろん私も、人生で初めて目にするフランス人への期待で胸をワクワクさせていた。

そして、五年二組に天使は舞い降りた。

少しウェーブのかかった長い金髪を気持ち良さそうに揺らしながら、颯爽と歩く小柄な女の子。大きな栗色の瞳、牛乳と同じぐらい真っ白な肌にハッキリとした目鼻立ちをした彼女は、まさにフランス人形のような美しさであった。

黒板の前に立ち、こちらにペコッと頭を下げた彼女は、たどたどしい日本語で自己紹介を始める。

「ワ……タシハ、パトリシアトイイマス。フランスノ……パリカラキタヨ。ナカヨク……シテネ。ト……オモイマス」

そう言ってはにかんだ笑顔を見せるリトルパリジェンヌ。私たちは拍手を忘れるほど彼女の一挙手一投足に見とれていた。

日本語がまったく喋れないパトリシアのために、彼女の傍には常に通訳の日本人女性が付き添っていた。大きな声でガハハと笑う恰幅の良いおばちゃんで、通訳というよりは給食のおばちゃんという方がしっくりくる。

担任の話では、パトリシアの父親は貿易関係の仕事に従事しており、世界中を飛び回っているらしい。そのため、彼女も小さい頃から色々な国を転々としているそうだ。両親の勧めで、異文化交流も兼ねて、行く先々で現地の学校に短期入学をしているのだという。

家に帰ってから、パトリシアのことを親父に報告すると「その人たちの住民票はどうなってるんや？　たぶん日本に税金も納めてないやろ。自治体は何してるんや。そいつらスパイちゃうか？」と、猜疑心のかたまりになっていた。

たとえスパイでもいい。可愛い女の子ならそれだけで全てが許される。

翌日の体育館集会にて、パトリシアの存在は全校生徒に紹介された。彼女はあっという間に注目の的となり、フランスからやってきた美少女を一目見ようと、休み時間のたびに、学年を問わず多くの生徒がうちのクラスに押しかけてきた。

日本語を理解できないものの、「パトリシア！」と自分の名を呼ばれるたびに、愛想よく手を振って野次馬どもの黄色い声援に応えるけなげなパトリシア。トイレに行こうと席を立つだけで、民族大移動かのように人だかりが彼女の後をぞろぞろついて行く様子は異様な光景だった。


学校全体を巻き込んで加熱の一途をたどるパトリシアフィーバー。彼女の身に何かあってからでは遅いと考えたクラスの担任は、ひとつの策を講じる。学級委員長の私に、パトリシアの世話役を命じたのである。

そんな面倒な仕事、普通なら断るところだが、フランス人の金髪美少女と仲良くなれるチャンスをみすみす逃す手はない。私は二つ返事でその役目を引き受けた。

授業中は、隣の席に座って勉強のサポート業務。休み時間は、変な生徒が近づかないように彼女の脇をピッタリと護衛する。映画や漫画で見たことがあるボディガードそのものといった仕事に、私のテンションは最高潮。しかし、守られる側のパトリシアは、私のことをあまりよろしく思っていない様子だった。

慣れない土地で学校生活を送るだけでも大変なのに、外国人というだけで好奇の目に晒される毎日。傍にいる私たちに悪意があるかないかにかかわらず、彼女に強いストレスを与えていることだけは間違いなかった。

ひとりになる時間だって欲しいだろうに、学校では常に通訳のおばちゃんがつきっきり。そこに言葉の通じない私が護衛として加わったのだから、たまったもんじゃないだろう。

私たちのギクシャクした関係に転機が訪れたのは、ある日の体育の授業だった。運動場でドッジボールをしていると、ガキ大将グループが、パトリシアを狙って集中攻撃を始めた。いつもチヤホヤされている彼女を妬んでのことだろう。

今こそ私の出番だ。

彼女の盾となり、襲いくる全ての攻撃を跳ね返し、彼女の剣となり、ガキ大将たちに正義の鉄槌を喰らわせる私。うまくいかないパトリシアとの関係に苛立っていたこともあり、私はコートの中を鬼神の如く暴れ回った。

見事いじめっこの魔の手から姫様を守り切った私。授業終わりに水飲み場で水分補給をしていると、パトリシアが通訳さんを引き連れてトコトコと走ってきた。

実に可憐だ。

金髪に白の体操服に黒のブルマというアンバランスな組み合わせが逆にハマっている。

彼女は少し照れ臭そうな顔をして早口で何かを呟く。通訳のおばちゃんは「あらまぁ！」と驚いた後に、パトリシアが口にした言葉を私に教えてくれた。

「私を守ってくれてありがとう、あなたは私のナイト様です」

言葉の意味を理解できずにいる私に、通訳のおばちゃんが「外国では自分の恋人のことを王子様とかナイト様って呼ぶんですよ」と耳打ちする。その瞬間、私の顔は耳まで真っ赤になっていたと思う。

その日、私は王女パトリシアを守るナイトになった。

運命のドッジボールをきっかけに、私たちの関係は一気に親密になった。それからというもの、空いた時間を見つけては二人でいろいろなことを話した。

日本とフランス、お互いの国のこと。家族のこと。学校のこと。パトリシアが今まで旅してきた国のこと。

通訳のおばちゃんを介して話すのも楽しかったが、自分の言葉で相手に気持ちを伝えられないことが、こんなにもどかしいと感じたのは初めてだった。


六月、早いものでパトリシアが日本にいられるのはあと一か月となった。ここにきて、ようやくパトリシアフィーバーも沈静化し、彼女は平穏な学校生活を満喫していた。

そんなとき、姫様から思わぬリクエストが。

魔法使いのおばあちゃんのＴＶＣＭで有名な『ねるねるねるね』というお菓子をどうしても食べたいというのだ。

「私、『ねるねるねるね』という日本のお菓子を食べてみたい。毎日ＴＶで魔法使いのおばあさんが食べているのを見てたらおいしそうで……」

「じゃあ親に買ってもらえばいいじゃん」

「私の両親はお寿司とかお蕎麦とかそういう日本食は大好きなんだけど、日本のお菓子は好きじゃないの。何度も頼んでみたけど、『ねるねるねるね』って見た目が健康に悪そうだから食べちゃダメだって怒られちゃった」

「食べたことあるけど、寿司よりはおいしくないよ」

「いいなぁ……一度だけでいいから食べたいなぁ……」

それからもパトリシアは、ことあるごとに「あぁ、『ねるねるねるね』が食べたい……」と口にするようになった。

最初は、彼女の「ネ〜ル！　ネルネ〜ル！　ネ〜！」という独特の発音が面白くて笑っていたのだが、その一途な想いに心動かされた私は、なんとかパトリシアの願いを叶えてあげようと思った。なぜって、きっとそれがナイトの務めだから。

だが、学校にお菓子を持ち込むことは禁止されているし、たとえ持ち込めたとしても、通訳のおばちゃんが厄介だ。職務に忠実なおばちゃんは、いくらパトリシアの頼みだといっても校則違反を見逃してくれるわけがない。

どうやら、ここは強行突破しかなさそうだ。


月曜から木曜まで降り続いた雨が嘘のように快晴の金曜日。ランドセルの中には事前に仕入れた『ねるねるねるね』のバナナチョコ味。通訳のおばちゃんは給食を食べた後に長めのトイレに行くのはリサーチ済みだ。そのタイミングを狙って、パトリシアをさらう計画だ。

これがうまくいったとしても、私は先生、通訳のおばちゃん、パトリシアの親から怒られてしまうだろう。ボディガードもおそらく解任だ。

だが、それでも彼女に『ねるねるねるね』を食べさせてやりたい。お菓子の作り方がわからない彼女の代わりに、私が練って練って練って練りまくってやりたい。

といっても、これは私の独断であり、事前にパトリシアと打ち合わせをしたわけではない。そもそも言葉が通じないのにそんなことができるはずもない。全てはぶっつけ本番だ。


昼休み、こちらの目論見通りに通訳のおばちゃんがトイレに向かった。その隙を逃さず、私はパトリシアのもとに駆け寄る。ここからは言葉ではない。ジェスチャーだけで彼女を説得しなければ。

まずはポケットの中に隠し持った『ねるねるねるね』をパトリシアに見せる。「Ｏｈ！」と感嘆の声を上げる彼女。私はパトリシアの目を真正面から見つめ、己の目力だけで自分の想いを伝える。

「行こう！　パトリシア！　僕と『ねるねるねるね』をしに行こう！」と。

教室の外を指差し、パトリシアに外に出ることを促す。彼女は通訳のおばちゃんのことを気にしてか、なかなか一歩を踏み出す勇気が出ない。

もう一度パトリシアの目を見つめる。そして、渾身の想いを込めて彼女にささやく。日本人の私、フランス人のパトリシア、まったく言葉が通じない二人でもわかる魔法の呪文を唱えるのだ。

「ネルネルネルネ。ネルネルネルネ。ネルネルネルネ！」

そうつぶやきながら、必死で外へ促す私。

時間がない。

通訳のおばちゃんがいつ戻ってくるかわからない。この言葉なら、きっとパトリシアも私の気持ちをわかってくれるはずだ。

ところが、彼女はいっこうにその場を動こうとしない。その煮え切らない態度に腹を立てた私は、思わず乱暴な声を出してしまう。

「ネルネルネルネ！　ネルネル！　ネルネ！　ネル〜！　ネルネ〜！」

ここまでくると、もはや呪いの言葉だ。

すると、怒気をはらんだ私の言葉におびえてしまったパトリシアが大声で泣き出した。

「ウワァ！　ウワァ！　ウワァァァァ！」

教室中に響き渡る彼女の泣き声。それが試合終了のサイレンだった。

慌てて駆け付けた担任の先生と通訳のおばちゃんにより、私は別室で取り調べを受けることに。お菓子を隠し持っていたことと、パトリシアを泣かせたことで、こっぴどく叱られてしまった。

帰りのホームルームで、黒板の前に突き出された私は、クラスメイト全員が見つめる中、「パトリシアさん、ごめんなさい」と公開謝罪をさせられ、この件は一件落着となった。もちろん、ボディガードは解任、私はナイト失格の烙印を押されてしまった。

六月の最終登校日、クラスでパトリシアのお別れ会が盛大に開催された。次は中東に引っ越すのだという。なんともワールドワイドな話だ。本当にスパイ一家なのかもしれない。

さぬきうどんや日本茶などの特産品に、クラスのみんなで描いたパトリシアの似顔絵をプレゼントされて喜ぶ彼女。いつだってニコニコしていた彼女。そんな彼女を唯一泣かせてしまったのが自分なんだなと思うと、胸の奥がチクチクと痛んだ。

「ミナサン、アリガトウ、トモダチイッパイ。サヨウナラ」という言葉を残し、彼女は私たちの前から姿を消した。全ては幻であったかのように。幻というにはあまりに悲しい思い出を残して。


パトリシア。

あれ以来、『ねるねるねるね』を食べるたびにあなたの顔が浮かぶんです。

『ねるねるねるね』はいまだに人気があり、三十年経った今もまだお店に並んでいます。

あれからあなたは『ねるねるねるね』を食べることができたのでしょうか。

たまに思うんです。あのとき私は「ねるねるねるね！」なんて言葉に頼らずに、ただあなたの手を握って走り出せば良かったんじゃないかって。

そうしたら、あなたは黙って私についてきてくれましたか？

ナイトである私を信じてくれましたか？

大学に入ってからフランス語の勉強をしました。

あなたの生まれた国の言葉を知りたかったのです。

他の生徒より熱心に勉強していたら、冬でもノースリーブを着て、自分の腕を見せつけてくるエロティックなフランス語講師のおばさんに気に入られてしまい、いろいろと大変な目に遭いました。

あなたといい、エロティック講師といい、私はフランスに関わるとろくなことがありません。

でもあなたへの気持ちに嘘はないです。

海を越えて想いを伝えます。

私はあなたのことが好きでした。

あなたのナイトになれて幸せだった。

そして『ねるねるねるね』という日本語をどうか忘れずにいてください。

金的に始まり金的に終わる恋

田代加奈は金的の達人である。

一九九〇年の秋、五年二組では「金的」が一大ブームを巻き起こしていた。男の金玉にガツンと鉄拳をぶちかます、あの金的で間違いない。

ブームの発端は、二学期に入って最初の国語の授業だった。「和歌を学ぼう」ということで、歌の読み方、作り方に加え、有名な歌集として『万葉集』や『古今和歌集』について勉強した。

その授業終わり、お調子者の平尾君が、突然「古今和歌集！」と叫びながら、隣の席の男友達に金的を放った。金的が当たったときの〝コキン！〟という擬音と、『古今和歌集』の〝古今〟をかけたらしい。なんとも下品な言葉遊びだが、小学生、とくに男子はこういう類のくだらなさにめっぽう弱い。

その結果、平尾君を発案者として、お互いに金的を打ち合う男子だけの新しい遊びが誕生した。

名付けて「古今」という。

ルールはいたって簡単。勝負は一対一のタイマン方式で、相手より先に金的を決めた方の勝ちとなる。蹴りなどは使わず、用いるのは己の拳のみ。金的を当てたときに「古今和歌集！」と決め台詞を叫ぶのも重要なポイントだ。

しかし、改めて言うのもなんだが、金的はとにかく痛い。痛いを通り越して悔しい。そしてこの世のすべてを呪いたくなる辛さだ。何かにたとえるなら、ファミコンの『ロックマン』で、ライフが0になったロックマンが粉々に砕け散って死んでしまうアレぐらいの衝撃ではなかろうか。なんとも恐ろしい。

だが、金的を食らう恐怖におびえながらも、私を含めクラスの男子は「古今」という危険な遊びにのめり込んでいく。

なぜなら金的はすべての男に平等で、そして夢があるからだ。

頭の良さ、ルックス、家柄に関係なく、金的さえ決めればどんな冴えない男にも勝つチャンスがある。その公平さと一発逆転のドラマが生まれるかもしれない期待に、私たちは突き動かされていた。

休み時間、昼休み、放課後と暇を見つけては「古今」に熱狂する男子たち。今思えば、映画『ファイト・クラブ』で、秘密結社を作り、ひたすら殴り合いに興じていた男たちのようだった。あの頃、あの場所にいた全員が金的に狂っていた。


事件が起きたのは十一月のこと。

いじめっこの福岡君が、強烈な金的を食らってションベンを漏らすという醜態を晒してしまった。

しかも驚いたことに、いじめっこを退治したのは、クラスメイトの女子、田代加奈さんだったのだ。

田代さんは身長一三五センチと大変小柄だが、男勝りの性格から、五年二組の女子の中では姉御的存在を担っていた。前髪を真ん中で分けて、綺麗におでこを出したポニーテールスタイル。パッチリとした目と身長の低さも相まって、田代さんは『ハクション大魔王』

のアクビちゃんによく似ていた。

スカートめくりやらなんやらで、常に女子に迷惑をかけていた福岡君に対し、ついに田代さんの堪忍袋の緒が切れてしまった。なんでも彼女は五歳のときから極真空手を習っているそうで、男子が失禁するほどの正拳突きを打てるのも納得だった。

「他にもいつもいじめてくる男子おるやろ！　出てこいよ！　やったんぞ！」

一人殺ったらあとは何人殺っても同じだと言わんばかりに、田代さんはドスの利いた声で啖呵を切り、ファイティングポーズをとる。

昼休みのだらけた雰囲気に支配されていた教室内に一気に緊張感が走る。

「調子にのんなよ、チビ！」

すると、親分の仇だと言わんばかりに、福岡君の舎弟が二人がかりで彼女に襲い掛かった。田代さんは華麗なサイドステップで一人目の突進をかわし、「エイヤ！」と片膝をついた状態からの正拳突きを相手の下腹部に叩き込む。「うぁぁ……」と力なくその場に崩れ落ちるいじめっこA。何と美しい「古今和歌集」だろう。続けて背後から忍び寄ってきたいじめっこBには、裏拳のような形で金的を炸裂させる。この技に名前をつけるなら「奥義・裏古今和歌集」とでも名付ければいいだろうか。

「なんや、チンチン殴ったらこんなもんかい！」

胸の前で両腕を交差し「押忍」のポーズを決める田代さん。身長一三五センチの小さな女空手家が革命を起こした。その歴史的光景を見届けた教室内は、一気に沸き返る。

事の成り行きを教室の隅で眺めていた私も、自分の胸が静かに高鳴るのを感じていた。

田代さんの金的をきっかけに、五年二組に大きなうねりが起きた。

イタズラをしてくる男子に対し、他の女子たちも金的で反撃をするようになったのだ。力の弱い女の子でも金的を使えば充分男子と渡り合える。田代さんの大立ち回りは、女子たちに戦う勇気を与え、クラス内の男子と女子のパワーバランスまで変えてしまった。


わがクラスの〝ジャンヌ・ダルク〟こと田代さん。

私は彼女に対して、二つの強い感情を抱いていた。

ひとつは尊敬の念、そしてもうひとつは、私を思いっきり殴ってくれないかなという切なる願いであった。


母親がいなくても立派な人間に育つようにと、体育会系思考の強い親父は、行き過ぎたスパルタ教育を私に課した。

幼い頃から、悪いことをすると容赦のない鉄拳制裁が待っていた。ほぼDVに近いレベルだったが、実はそれほど辛くはなかった。

それはなぜか。自分は母親に捨てられたいらない人間なんだと思い込んでいた私にとって、親父に殴られることだけが自らの存在意義を証明できる方法だったからだ。

「誰かに殴られる」ということは、相手が私を認識してくれており、私がこの世に存在する何よりの証拠なのだ。

親父の拳をこの身に受けるたび、私は自分が生きていることを確認し、強く殴られれば強く殴られるほどに親父の愛を感じた。

でも、そろそろ親父に殴られるのにも飽きてきた。

たまには可愛い女の子に殴られてみたい。

私は理想の女の子をようやく見つけたのだ。

ああ、早く田代さんに殴られたい。なんなら金的でもいい。

小学五年生にしてマゾに目覚めた少年は行動を開始した。

作戦はシンプルにいこう。

いじめっこと同じように、彼女にちょっかいを出して怒らせる。そして、あの美しい正拳突きをこの身で受け止める。うん、完璧な流れだ。

それからというもの、ことあるごとに田代さんに絡むようになった私。「チビ」とか「デコっぱち」とか低レベルの悪口を浴びせかけ、髪の毛を引っ張るなどの挑発行為を連日のように繰り返す。

ところが、嫌がらせを始めて一週間が過ぎても、彼女は私を殴ってくれなかった。

他の男子が同じようなことをしたら、容赦のない金的を打ち込むというのに、私にだけはまったく手を出さず、ただ「やめてよ～」と微笑むだけなのだ。


少しアプローチ方法を変えてみよう。

そう思った私は、放課後の運動場に彼女を呼び出した。

冬の足音がすぐそこまで聞こえてきた十一月下旬。

寒風吹きすさぶ夕方の運動場に身長一三五センチの空手家と小五のマゾが二人きり。

「田代さん、いきなりごめんな」

「いいよいいよ、どうしたん？」

「いや、最近田代さんにさ、嫌なこと言ったりイタズラしたりしてたやん？　実はあれ、わざとやってたんよ」

「え？　わざと？　なんで？」

「田代さん、この前、福岡君をぶっ飛ばしたやろ？　めっちゃ格好良かった。あれ見ててさ、俺も田代さんに殴られたくなったんよ。それで、田代さんを怒らせたら殴ってくれるかなって思っていじめてたんや」

「え？　私に殴られたい？　なんで？」

「俺、親父に言われて、小さい頃から体鍛えててさ。だから空手をやってる田代さんの正拳突きを受けてみたいんや。自分の鍛えた体を試してみたいねん」

さすがに自分が変態であると告白はできない。それならこの理由しかないわけだ。

私の願いを聞いた田代さんは少し考えてから言った。

「いいよ、でも、本気で殴るよ？　空手をなめんといてよ」

「本気がいいねん！」

「グーでいいの？　ビンタじゃダメなん？」

「グーがいいねん！」

「痛かったらごめんな」

「痛いのがいいねん！」

ああ、夢が叶う。

今から田代さんは私を殴る。そして彼女に殴られることで私は自分が生きていることを実感するのだ。

もう親父に殴られるのは飽き飽きだし、心臓病の祖父に私を殴る力は残っていない。優しい祖母が私を殴るわけはないし、男友達に殴ってもらうのは普通にイラつきそうで嫌なんだ。田代さん、もう君しかいない。

私は全身に力を込め、静かに目を閉じた。そして数秒後に訪れるであろう破壊的衝撃と至福の瞬間を今か今かと待ちわびる。

ん？

来ない。

衝撃が来ない。

どうしたんだ、田代さん。

一分ほど待っただろうか、私はゆっくりと目を開ける。

そこには鼻水を垂らして「ヴヴヴ……」と獣のような声を出して泣きじゃくる田代さんの姿があった。

予想だにしない光景に私の頭は思考を停止する。

「あの……なんで泣いてるん？　なんかあった？」

それだけ口にするのがやっとだった。鼻水をすすりながら、彼女は必死で言葉を発する。

「ヴヴ……殴りたく……ないよ。ヴヴヴヴ……」

「え？」

「ヴヴヴ……、あんたのこと……ヴヴ……殴りたくない」

そう言って、大粒の涙をポロポロとこぼす田代さん。とりあえず、今日のところは計画は失敗だ。

「ごめんな。もう殴らんでいいから。変なこと頼んでごめんな」

「ヴヴヴ……ありがと、ヴヴヴ、でも殴ってあげられなくてごめん……ヴヴヴ、私、どうしたらいいの、ヴヴヴヴヴヴヴヴ！」

田代さんはもう「ヴヴヴ」としか言わなくなった。彼女が泣く理由はわからないが、私がこの子をひどく傷つけてしまったことだけは間違いない。それだけは確かだった。

この日を境に、私たちはお互いになんとなく距離を置くようになった。最低限の会話は交わすけど、それ以上の接触はなく、やがて六年生になってクラスが分かれ、そのまま小学校卒業を迎えた。

実は後日、同じ方法を使って、別の女の子に、顔、胸、腹とあらゆる場所を殴ってもらったのだが、全然気持ちよくないし、嬉しくもなかった。田代さんのパンチなら絶対に気持ちいいんだろうなと、私はがっかりした。

小学校時代のクラスメイトから、「田代さんが私のことを好きだった」と聞いたのは高校生になってからだった。

好きな男の子を殴ることができずに泣いた田代さん。

好きな男の子の願いを叶えてあげられなくて泣いた田代さん。

私は今も「ヴヴヴ」と唸る、彼女の泣き声を忘れることができない。

いや、一生忘れてはいけないのだ。


田代さん、お元気ですか。

あのときのマゾです。

空手はまだ続けているのでしょうか。

小学五年生のときに、あなたに辛い思いをさせてごめんなさい。

あれから私も人並みに恋やらなんやら経験し、四十歳を過ぎ、ようやく人に殴られなくても愛を感じることができるようになりました。多分。

でも、あの日あなたに殴られていたら、私は本当のマゾになっていたかもしれません。

ホッとしたような、それはそれで楽しかったような気も両方しています。

そして、ようやく今になってわかったことがあります。

田代加奈さん、私はあなたのことが好きでした。

あの頃、私たちはきっと両想いだった。

田代さん。

もし、あなたが偶然この本を読んで、こいつ気持ち悪いなと思ったら連絡をください。

顔、腹、金的、どこを殴ってもOKです。

学校のマドンナは水飲み場の妖怪

「トイレの花子さん」とは、学校にまつわる有名な都市伝説のひとつである。誰もいないはずのトイレに向かって「花子さんいらっしゃいますか？」と呼びかけると、個室トイレから「はい」と返事がする。その声に誘われるまま扉を開けると、おかっぱ頭の花子さんにトイレの中に引きずりこまれてしまうという恐ろしい話だ。

私の通う小学校には「トイレの花子さん」は存在しなかったが、「水飲み場の妖怪」と呼ばれた女の子がいた。

妖怪の名は林香澄さん。小学六年生の時のクラスメイトである。

デビュー当時の広末涼子ぐらいショートカットがよく似合う女の子だった林さん。竹を割ったような真っすぐで明るい性格をしており、勉強もスポーツも人並み以上にできる優等生だ。芸能人で言えば渡辺満里奈に似た愛らしい顔をしており、一六〇センチを超える身長と、バレリーナのようにスラリと伸びた細く長い手足は、ともすれば中学生、下手したら高校生に間違われても仕方のないぐらい完成されたものだった。

林さんは、男子からすれば愛しのマドンナ、女子にしてみれば憧れのアイドルという感じで、誰しもが認める学校の人気者であった。

だがその一方で、彼女は「水飲み場の妖怪」として恐れられていたのである。

小学校で「水飲み場」と言えば、体育館裏や靴箱近辺など、校内の数か所に設置されていたウォータークーラーがある場所を指す。別名を冷水器とも呼ばれるウォータークーラーは、床置きタイプの縦に細長い箱型の物体で、足元のペダルを踏むか、本体の上面部にあるボタンを押せば、噴出口からアーチを描くように水が出てくるという仕組みだ。

現在では見かけることは少なくなったが、昭和生まれの人なら一度は喉を潤したことがあるだろう。体育の授業が終わった後は、我先に水を飲もうとウォータークーラーに列を作ったもので、学校生活において思い出深い場所のひとつである。

そんな水飲み場において、林さんは、みんなから「妖怪」というあだ名で呼ばれていた。クラスのマドンナである彼女がどうして？

その理由は彼女の水の飲み方にあった。林さんはウォータークーラーの噴出口に直接口をつけて水を飲むクセがあったのだ。実際にその様子を見たことがあるが、林さんは、母の乳を吸う赤子のように噴出口をくわえこんでいた。

林さんの異様な水の飲み方に気づいたみんなは、彼女のことを恐れ、陰で「水飲み場の妖怪」と呼ぶようになった。いくら人気者でも、水飲み場では妖怪、それが学校という閉鎖社会の厳しさである。

しかし、林さんほどの優等生がなぜあんな下品な水の飲み方をするのだろうか。彼女の鋭い観察眼ならば、自分の飲み方が他の人と違うことに容易に気づくはずだ。いったいどうしてなんだ。不特定多数が利用するウォータークーラーの噴出口に直接口を付けることが不潔な行為であることぐらい、君の頭なら少し考えればわかるだろう。君の家は、お爺さんもお父さんも弁護士をしているエリート一家じゃないか。いくら考えてみても、私にはその理由がわからなかった。

そんな折、本物の変態が現れた。クラスで一番のトラブルメイカーだった岩崎君である。彼は、林さんが水を飲んだ後のウォータークーラーに近づき、先ほどまで彼女が口をつけていた噴出口に「チュッ」と軽くキスをしやがったのだ。「林と間接キスしちゃったもんね〜」と小躍りして喜ぶ岩崎君。「間接キスと引き換えに人として大切なものを失ったぞ」と言ってやりたかったが、言葉を交わすのも嫌だったので、誰も彼を止めようとしなかった。

怒られないのを良いことに、岩崎君の行動は常軌を逸していく。最初こそ軽めのフレンチキスだったものが、徐々にディープキス、果てはイジリー岡田のように舌をベロベロと高速で動かしながら噴出口を舐め回す有様であった。

これはさすがに見過ごせないと、何人かが岩崎君に「気持ち悪い」「やめろ」と注意をしたのだが、彼は聞く耳を持たなかった。担任の先生に相談しようとも思ったのだが、このことがきっかけで、林さんが自分の汚い飲み方に気づいたら、彼女がひどく傷ついてしまいそうで出来なかった。

一番の解決方法は、林さんがあの下品な飲み方を自主的にやめてくれればいいのである。私は、林さんと仲の良い女子生徒たちに、それとなく注意をしてくれないか頼んでみた。ところが、どの子も「そんなこと言ったら泣いちゃいそうで怖いし……」と首を縦に振らない。

ある女子には「そんなに林さんのことが心配なら自分で言えば?」と言われたのだが、私にはそれができない理由があった。

あまり話をしたことがないのもあるが、一番の理由は、六月のお誕生日会での出来事だった。毎月のイベントで、その月に誕生日を迎えるクラスメイトに対して、各々が好きなイラストを描いた誕生日カードをプレゼントするというものだ。

この前の六月のお誕生日会で、六月五日生まれの私に林さんがくれた誕生日カードは、なぜかモアイ像が十体も描かれている不気味なものだった。ああ、きっと林さんは私のことが嫌いなんだな。そうじゃなきゃ、モアイ像の絵なんて描かないだろう。しかも十体も。そのモアイ事件の影響で、私は林さんとなんとなく距離を置いていたのだ。

いや、違う。白状しよう。実は、私は嬉しかった。勉強もスポーツもできて、おまけに美しい林さんが、下品な水の飲み方をするのが本当に嬉しかった。ひねくれ者なだけかもしれないが、私は人のダメなところ、欠落した部分が可愛くてたまらないのだ。林さんの恥ずかしいクセをずっと見ていたかったが、このまま岩崎君に彼女が汚され続けるのは、もう我慢ならない。

そこで、少し危険ではあるが、手紙という方法を使って林さんに忠告することにした。だが、何をどう書いていいのかがわからない。年賀状以外で友達に手紙を書くことは少ない。ましてや女の子に手紙を出すなんて初めてだ。とりあえず、事実だけをわかりやすく伝えることにしよう。

林さん

あなたの水飲み場での水の飲み方は汚いです

水の出る所に口を付けちゃだめです
みんなにバレる前に早くやめた方がいいです
よろしくお願いします

あまりの緊張で筆圧が強くなってしまい、HBの鉛筆を使ったのに6Bぐらいの濃さが出てしまった。手紙を書き終えてから、私は気づく。字が下手くそで字体にもクセがある私。このままだと、私が手紙の主だということは、簡単にバレてしまうだろう。

鉛筆で書くことを諦めた私は、祖父が仕事で使っていたワープロ（ワードプロセッサ）で文章を作成することにした。といっても使い方がまったくわからないので、祖父に今までの事の顛末を素直に話し、私の代わりに文章を打ち込んでもらう。

「お前が女の子のためになぁ……」と感慨深げに、祖父はものの五分程度で林さんへの手紙をプリントアウトしてくれた。

翌日、いつもより早めに学校に来た私は、林さんの下駄箱の中、上履きの下に手紙を隠した。ちゃんと手紙を読んだか確認したかったので、その近くで彼女を待ち続けること三十分、登校してきた林さんは、下駄箱の異変に気づき、しばらく手紙に目を落とした後、それをポケットにしまい、教室に向かって猛ダッシュで駆けていった。

それからの彼女は、下品な水の飲み方をパッタリとやめた。クラスメイトたちは、いったい何事かと最初はびっくりしていたが、そのうち何も言わなくなった。「もう林と間接キスできへんなぁ」と岩崎君だけが残念そうだった。

同じ中学に入ったものの、林さんとは一度も同じクラスになることはなく、大人になった今も再会を果たせていない。

人生には知らない方がいいことがたくさんあるのは重々承知だが、それでも林さんに教えて欲しいことが二つある。

どうしてあんな下品な水の飲み方をしていたのですか？

どうして僕への誕生日カードにモアイ像を描いたんですか？

そして今ならわかることがひとつ。

「水飲み場の妖怪」こと林香澄さん、私はあなたが大好きでした。

下品な水の飲み方をしている時のあなたは、世界中の誰よりもキラキラと輝いていました。

ベルマークの数だけキスをして

「じゃあ、ベルマークを一〇〇〇〇枚集めたらキスしてあげる」

クラスメイトの谷口茜は確かにそう言った。

聞き間違いではない。

不意に訪れたファーストキスのチャンス。

冗談か本気かわからない彼女の言葉を信じ、十二歳の私はベルマーク集めに奔走することになった。


「ベルマーク」とは、その名の通り、ベルのイラストが描かれたマークのことだ。食品、文房具など、さまざまな商品の包装紙やパッケージに印刷されているので、誰でも一度ぐらいは目にしたことがあるだろう。

私の通う小学校では、月に一度、各家庭で集めたベルマークを学校に提出する決まりになっていた。ベルマークには「1点」「3点」というように点数が記載されており、1点あたり一円が、学校のベルマーク預金に加算されるのだという。

貯まった預金を使い、学校は教材や遊具などの備品を購入する。そしてその購入費の一割が、被災地や発展途上国の学校へ寄付金として贈られるシステムらしい。

一九九一年、小学六年生の一学期。私はクラスのベルマーク委員を務めていた。そのとき一緒にペアを組んでいたのが谷口茜さんである。

彼女はみんなから「ナマケモノ」というあだ名で呼ばれていた。行動が動物のナマケモノにそっくりだからというのがその理由だ。

授業中はあくびばかり、休み時間は机に突っ伏して爆睡している谷口さん。寝るために学校に来ているとしか思えない彼女は、ナマケモノと言われても無理はない。

芸能人でいえば美保純によく似ており、笑うと目がなくなる感じの笑顔が印象的だった。なんでも両親は二人とも長距離トラックの運転手で、家を空けがちな親の代わりに、谷口さんが家事を一手に担い、幼い弟たちの面倒をみているという噂だった。

その話が事実なら、日頃の家事の疲れから、学校ではダラダラしているのかもしれない。家では働き者なのにナマケモノと呼ばれている谷口さん。ちょっと気になる女の子であった。

そんなナマケモノと一緒に務めるベルマーク委員。月に一度の回収日の放課後は、集められたベルマークを種類別に分け、それらを専用の台紙に貼りつける作業が待っていた。

谷口さんはベルマーク委員の仕事もサボりがちで、ほとんどの作業を私が受け持つ羽目になった。文句のひとつでも言いたかったが、放課後の教室に女の子と二人きりでいられることの方が幸せで、そこはなあなあで済ませていた。

いつまでも梅雨が明けないジメジメした六月。私と谷口さんは、担任の先生に呼び出された。なんと、うちのクラスは、ベルマーク提出枚数が全校で一番少ないらしい。それで、クラスのみんなにもっと呼びかけをしなさいとお小言を言われてしまったのだ。

不思議なもので、子供というのは一緒に叱られると急に仲良くなったりする。私と谷口さんも例外ではなく、その日私たちは、担任の先生の悪口を言いながら仲良く一緒に下校していた。

悪口も一段落したところで、どうやってクラスのみんなに呼びかけようかとアイデアを出し合うが、なかなか名案は出てこない。

「面倒臭いからさ。僕がいつもよりもたくさんベルマーク持ってこようかな」

「それいいかも。何を言ったってクラスのみんなは聞かないもん」

「ビックリするぐらいの枚数を持ってきて担任を驚かせてやろうかな」

「お、いいじゃん。じゃあ何枚持ってくるの？」

「う～ん、一〇〇枚？」

「それだと面白くないよ～、一〇〇〇〇枚ぐらいじゃないとさ」

「一〇〇〇〇枚は無理！　谷口さん、めちゃくちゃ言うよなぁ」

「じゃあ一〇〇〇枚？」

「今月、クラス全部で二〇〇枚だったんだよ。一〇〇〇枚でも多いよ」

「ん～、何かご褒美あったら頑張れる？」

「ご褒美によるかな」

「じゃあ、ベルマーク一〇〇〇枚集めたらキスしてあげるよ」

谷口さんからの思いもよらぬ提案を受けて、思わず立ち止まる私。夕日が私の顔を照らしてくれているおかげで、頬が赤くなっているのはバレずに済みそうだ。

「え？　谷口さんのキス？」

「そう、本当にひとりで一〇〇〇枚集めたらね」

「……ほっぺ？」

「どこがいいの？」

「口なら頑張るかもしれない」

「じゃあ口でいいよ」

「僕、ファーストキスだよ」

「私が相手でいいの？」

「谷口さんでいい。でもなんでそんな約束してくれるの」

「だって、毎日学校がつまんなくて死にそうだからさ。君が面白いことしてくれるならそれぐらいのお礼はするよ」

　谷口さんもファーストキスなの？　と聞こうとして、私は思わず口をつぐむ。なんとなく、この子はもう色々と経験しているような気がする。ゆっくりと話してみてわかったが、彼女にはどこか小学生らしからぬ大人びた雰囲気がある。

「じゃあ、一か月で一〇〇〇枚集めてね」

「うん、わかった」

「ああ、ちょっとだけ学校が楽しくなってきた！　ありがとね」

　そう言って、谷口さんは両手をあげてガッツポーズをする。

　私はもう彼女の唇しか見ていなかった。

　早速その日から、私はファーストキス大作戦をスタートさせた。

まずは家にあるベルマークの確保からだ。台所、冷蔵庫の中、自分が使っている文房具など、家中ひっくり返して探してみたが、手元には二〇枚ほどしかない。

キスまで残り九八〇枚。

次は家族に直談判だ。

「来月はベルマーク収集の強化月間だから、二〇〇枚は持って行かないと怒られるんだ」と適当な嘘をつき、家族全員に協力を要請する。

谷口さんの唇まで残り七八〇枚。

友達の力も借りたいところだが、谷口さんのキスがかかっている手前、クラスメイトには簡単に話すことができない。

だって彼女の唇は私だけのものだから。

しかし、このままでは一〇〇〇枚など夢のまた夢。もう恥も外聞もひったくれもない。

私は禁じ手を使うことにした。

家から少し離れた親戚のもとに自転車を走らせ、ゴミの中からベルマークを切り取らせて欲しいと頭を下げる。

「どうしてそんなにベルマーク欲しいんや」という親戚の問いに「社会の役に立ちたいからや！」と秒で嘘をつく私。

ファーストキスのためならどんな嘘でも平気でついてやる。

だが、これでも目標枚数には遠く及ばない。

そこで私は、家の近所にある共同ゴミ捨て場に行き、ベルマークを収集することに。

さすがに人様の家のゴミ袋の中身を見るわけにはいかないので、辺りに乱雑に捨てられているゴミの中から必死でベルマークを探す。ゴミを捨てに来た近隣の人に、事情を話してベルマークを譲ってもらう交渉もした。とにかく必死だった。

ゴミ捨て場ではなかなかの枚数を稼げることを知った私は、学校終わりの空いた時間を使って、近隣のゴミ捨て場をハシゴするようになった。

最初は、ゴミの汚さと辺りに漂う腐敗臭で吐き気を催していたのが、慣れとは恐ろしいもので、それも徐々に平気になった。そして、今までまったく興味を持てなかったベルマークの魅力にも気づき始める。

実はベルマークにもさまざまな種類がある。

色にしても、単純な黒色だけではなく、赤、青、緑とそのバリエーションは実に多彩だ。そして各商品にまつわるイラストが添えられているパターンもある。

例を挙げれば、リカちゃん人形に付いているのは「Ｌｉｃｃａ」という文字がプリントされたピンク色の可愛いベルマーク。また、ソントンジャムの場合は、体がピーナッツの形をした「トンちゃん」というイメージキャラクターがベルを持っている微笑ましいデザインとなっている。

一度その面白さに気づいてしまうと、日々の収集作業が途端に楽しくなってきた。流れに乗った私は順調に数を稼いでいく。

このベルマークが私の未来をバラ色にしてくれる。

このベルマークの先にファーストキスが待っている。

このベルマークの先に谷口さんがいる。


そして約束の一か月が過ぎた。

私の手元には、ビニル袋いっぱいに膨れ上がった約一二〇〇枚のベルマーク。

家族、親戚、見ず知らずのゴミ捨て人たち、関わってくれた全ての人に感謝する。

七月のベルマーク提出日の前日、私は放課後の運動場に谷口さんを呼び出した。明日、皆の前で披露するとちょっとした騒ぎになるのは目に見えている。できるならこの喜びは二人だけで分かち合いたい。そういう思惑で彼女を誘ったわけである。

「うわあああああああああああ!」

私が取り出したベルマークの山を見た谷口さんは、校庭に響き渡るほどの大声で喜びを表した。なぜかひとりで万歳三唱までしている。

どうやってこれだけの枚数を集めたのか。

私はこの一か月の武勇伝を得意気に語る。

その全てを彼女は大笑いしながら聞いてくれた。

やがて沈黙が訪れる。

さあ、キスの時間がやってきた。

この時のために今日の給食後の歯磨きはいつもより念入りにやったのだ。

校庭に長く伸びた二人の影が重なり合っている。でも私が重ねたいのは影ではなく唇だ。

もう影なんかじゃ我慢できない。

「あの……」とキスの話題を切り出そうとしたそのとき、「本当にごめんなさい！」と谷口さんが頭を下げた。事態を吞み込めずにいると、彼女は申し訳なさそうに話し始める。

「本当にごめん。実は私付き合ってる人がいるんだよね。だからキスはできないんだ。たぶんキスしたくてここに呼んだんでしょ？」

「ああ、うん。彼氏か、そうなんだ」

「うん、先週から、A先輩と付き合い始めたの」

この辺りで一番のイケメンと有名なA先輩なら私もよく知っている。ということは中学二年生か。

私が一生懸命ベルマークを集めているときに、谷口さんは素敵な恋を実らせていたのか。しかも、相手は中学生ときたもんだ。小学六年生で中学二年生と付き合う。本当に谷口さんは大人だな。ゴミ捨て場ではしゃいでいた私みたいなお子ちゃまじゃ釣り合わない。

「あ、全然いいよ。僕も最初から冗談だと思ってたし、できたらラッキーだなぐらいに思ってただけだよ。それにこんなことでキスできるわけないもんね」

私は精一杯強がってみせる。一二〇〇枚のベルマークを集めるためにたくさん嘘をついてきたので、もう嘘をつくのは慣れっこだ。

「そうなんだ、本当にそうならいいんだけど」

「だって僕、谷口さんとそれほどキスしたくないし」

「ちょっとそれはひどいでしょ〜！」

お願いだから、これぐらいの嫌みは許して欲しい。

「でもさ、私、こんなに笑ったの小学校に入ってから初めてだよ」

「うん、僕も自分でびっくりしてる。よく集めたなって」

「面白いことしてくれてありがとうね」

「僕も楽しかったよ。こちらこそありがとう」

バイバイと手を振って、私たちは別々の道を帰る。

私は家へ、谷口さんはおそらく先輩と待ち合わせだろう。

ベルマークが入ったビニル袋を振り回しながら家へと帰る。

ブンブン、ブンブンと何度も何度も振り回して。

帰宅すると、「おい、今日はお前が風呂焚き当番やぞ」と親父が言ってきた。

私はいつものように風呂釜の下で火を起こす。メラメラと燃え上がった炎の中に、一二〇〇枚のベルマークを投げ込んだ。私の一か月の努力が、谷口さんとのキスを夢見た記憶が赤く燃えている。メラメラと燃えている。

ベルマークで沸かした風呂に浸かり、「ふぅ」とひと息ついたとき、私はようやく素直に泣くことができた。


谷口茜さん。

今でもベルマークを見るたびに、あなたとの苦い記憶が蘇ります。

本当はあなたとキスをしたかった。

結局、私のファーストキスは、二十歳のときに出会い系で知り合った女性とのキスになりました。これがまた素敵な思い出になったんです。

いつかお会いすることがあったら、あなたに詳しく教えてあげたい。

きっとあの日のように大声で笑ってくれると信じて。

そして今なら言える。

谷口茜さん。

私はあなたのことが好きでした。

両手にあふれんばかりの花束ではなく、袋にパンパンのベルマークを贈ります。

あとベルマーク関係者のみなさま、せっかく集めたベルマークを燃やしちゃって本当にすみませんでした。

幼なじみの罪とヤマボウシは蜜の味

幼なじみのナッちゃんが泥棒になってしまった。

ナッちゃんは、私と同い年の小学六年生で、名前は西山奈都己という。私たちは幼稚園の頃からの付き合いで、お互いを「ヒロくん」「ナッちゃん」と呼び合う仲だった。

伸ばし放題の髪の毛と日に焼けた真っ黒な肌に、女の子らしくない「げへっ」という笑い方。昔のナッちゃんは、まさに野生児そのものだった。十二歳になると、そんな少女もポニーテールが似合う可愛い女の子に成長するのだから、女の子とは本当に不思議な生き物だ。

多いときは週に三回ほど遊んでいたのに、小学校高学年になると、ちょっとした照れもあって、一緒にいること自体めっきり少なくなった。それでも、私が学校で一番気楽に話せる女子といえば、ナッちゃんをおいて他には考えられない。

そんな大切な幼なじみのナッちゃんが泥棒に。にわかには信じられない話である。


「貧乏」

これが、私とナッちゃんを結びつけた共通点だった。

三歳で母親が家を出て行き、我が家が抱える借金返済のため、八歳から内職のアルバイトを始めた私。

生まれてすぐに父親を亡くし、母親は若い男と蒸発。年老いた祖父母と三人で貧乏暮らしを送っていたナッちゃん。

境遇は違えども、貧しい環境に負けずに毎日を精一杯生きていたご近所さん。そんな似た者同士の二人が惹かれ合うようになるのは、ごく自然な流れだったと思う。

「ナッちゃん、カマボコを百回以上噛むとすごく甘くなるよ」

「ヒロ君、とってもおいしい歯磨き粉見つけたの」

「サルビアの蜜を吸ってからチョコレート食べるとおいしいよ」

「マーガリンをつけて、その辺の草を食べたらおいしかった！」

「もし目薬が飲めたらジュースいらないのになぁ」

「私、目薬飲んだことあるよ、たまにおいしいのがあるよ」

私たちの会話はいつもこんな感じだった。

正直、貧乏は辛い。

私たちが幸運だったのは、ひとりぼっちじゃなかったことだ。

私が貧乏ならナッちゃんも貧乏だし、ナッちゃんが貧乏なら私も貧乏だった。

「武士は食わねど高楊枝」とまではいかなくても、二人一緒なら貧しさに負けたりしない。

「金はなくとも心は豊かに。いつもヘラヘラ笑っていよう」

子供の時にそう誓ったはずじゃないか、ナッちゃん。なのになんで泥棒なんて……。


私がその噂を知ったのは、ある日の昼休みのことだった。トイレで小便を済ませた帰り、女子トイレの入口で、うちのクラスのおしゃべり女二人が大声で騒いでいる声が耳に入ってきた。

「もう西山さん、うちに遊びに来ないで欲しいね」

「ほんとほんと、みんな迷惑してるもん」

「うち、先週もまた盗まれたよ」

「え〜、また？　ひどいね」

「もう四、五千円は持ってかれたよ、あの泥棒に！」

「あいつ、うちのクラスだけじゃなくて、他のクラスとか、下級生の家でもやってるらしいよ」

「やばくない？　警察に相談してもいいんじゃない？」

「これ以上ひどくなったら先生に相談しようよ！」

「うんうん！　絶対そうしよう！」

ナッちゃんの悪行を広めようとしているのか、廊下にいる人全員に聴こえるぐらいの大声で喋り続ける二人。私はまったく興味のないフリをして教室に戻った。

窓際に目をやると、ナッちゃんが気持ちよさそうに自分の席でお昼寝をしていた。家の日当たりが悪いそうで、天気がいい日はこうやって日光浴をするのがナッちゃんの日常であった。

私とナッちゃんは小学一年生から六年生までの六年間ずっと同じクラスだった。お互いに身体が大きくなり、男女の違いがいろいろと出てきても、小さい頃に道端の草や裏山の木の実を一緒に食べた幼なじみが同じクラスにいることが、どれだけ心強かったことか。ナッちゃんも私と同じように思ってくれていたらいいのだけど。

そうだ。深い付き合いの私だからこそ、この件については、ナッちゃん本人からハッキり聞いておきたい。

もし何かの間違いなら、こんなバカげた噂は私が叩き潰してやる。

「ナッちゃん、ナッちゃん」

「……うあぁ、ヒロ君、何よ」

「今度の日曜日は暇？」

「え、ああ、うん、大丈夫」

「あれ食べに行こうよ、ヤマボウシ。今だったら裏山辺りでたくさん採れるはずだよね」

「懐かしい！　そうだね、秋になるといつもあそこのヤマボウシ食べてたもんね。うん、久しぶりに食べたいな。行こうよ」

「じゃあ日曜日の昼十一時にね」

「OK♪　わかった～」

その日、学校から帰った私は、机の引き出しの奥にしまってあるボロボロのノートを取り出した。表紙には「ヒロとナッちゃんのグルメマップ」と汚い字で書いてある。「グルメ」だけ赤で書いてあるのがいかにもガキっぽい。

これは小学校低学年の頃、ナッちゃんと一緒に作った我が町のグルメマップだ。ただ、喫茶店や蕎麦屋とかそういう類の情報は一切載っていない。このノートに書き込まれているのは、私たちが自分の足で調べ上げたオリジナルグルメの情報である。

貧しい子供に、町の料理屋さんやらに通う金などあるわけがない。貧乏人にとってのグルメは、道端に生えている食べられる草、甘い果実をつける山道の植物、安い値段で買える自動販売機のことなのである。

北の山においしい木の実があると聞けば北へ、南の川に食べられる蟹がいるとわかれば南へ、東にお菓子をくれる優しい老婆が住むと知れば東へ、西に安い駄菓子屋があるとなれば西へ。

まるで探検隊になった気分で、私とナッちゃんは、自分の住む町に隠されたお得なグルメを追い求め、その成果をこの一冊にまとめたのである。

パラパラとめくっているだけで、幼き日の冒険や食生活がありありと浮かんでくる。この一冊は、私とナッちゃんにとっては『ファーブル昆虫記』や『シートン動物記』にも勝る宝物なのである。

あった。ヤマボウシに関しての記載だ。ヤマボウシがたくさん見られる場所は、裏山にある古井戸小屋の近く。そこにやってくるのは、私のよく知っているナッちゃんなのだろうか。それとも泥棒に成り下がったナッちゃんなのか。


運命の日曜日、朝から空気が乾燥しているが雨は降っていない。これぐらい涼しい方が山道を散歩するのにはちょうどいい。小さい頃に毎日のように歩いたけものみちを、一歩一歩思い出を確かめるように、私はのんびりと歩を進める。

かなり道草をしてきたつもりなのに、待ち合わせ時間の十五分前に到着してしまった。おぼろげな記憶を頼りに古井戸小屋の裏手に回ってみると、そこにはヤマボウシがどす黒いピンク色の実をたくさんつけていた。小さい頃と同じ風景が目の前に現れたことに感動して、しばしの間、動くことができない私。

ナッちゃんは昔から待ち合わせ通りに来る人ではない。暇を持て余した私は、毒見役も兼ねて、ヤマボウシの実を二、三個ばかり先にいただくことにした。さくらんぼの実の表面にブツブツがいっぱいある感じのグロテスクな見た目に反し、ヤマボウシの実はイチゴやマンゴーにも負けないほどの甘い味がするからクセになる。

口の中いっぱいに広がる思い出の味を堪能しながら、待ち続けること三十分、ようやく姿を現したナッちゃんも、懐かしい景色を目にして感動している様子だった。

本来ならヤマボウシに負けないぐらいの甘い言葉をかけてあげたいところだが、待ち合わせに遅刻したのに謝罪の言葉がないバカ女の顔を目掛け、私はヤマボウシの実を思いっきり投げつけた。

私の手から放たれたヤマボウシは、見事ナッちゃんのおでこに命中。

「ぐへぇ」と情けない声を上げておでこを押さえる彼女。少しは反省したかなと思ったら「山の中でも三秒ルールって有効だよね?」と確認してから、地面に落ちたヤマボウシの実を拾うナッちゃん。服の袖で汚れを丁寧に拭き、それを口の中にポイッと放り込んだ。

「ん〜〜! やっぱり甘くておいしい! ねぇ、もう一個」とおねだりしてくるナッちゃん。それは私の知っているいつものナッちゃんだった。

結局、二人してヤマボウシの実を二十個もたいらげてしまった。人一倍食い意地が張っているのも私とナッちゃんの共通点である。もう糖分は足りた。ここからはちょっと渋い話をしないといけない。

「ナッちゃん、ちょっと聞きたいことあるんだよね」

「え、ナニナニ？　なんなのさ？」

「噂話を信じちゃって本当に悪いんだけどさ」

「うん」

「おまえ、泥棒やってるのか？」

「は？」

「クラスの女子が言ってたぞ、西山さんが家に遊びに来るたびにうちのものが盗まれるって！」

「……知らないよ」

「違うならちゃんと違うって言ってくれ。でも嘘は言わないで。泥棒なんてしてないよな？」

「……」

「貧乏人にもプライドがある。絶対に盗みはしないって昔に約束しただろ？　ズルはする。ズルはするけど盗みはしないって！」

「……」

「お願いだから本当のことを言ってくれよ！」

顔をうつむけたまま、何も言わなくなったナッちゃんの様子から私は全てを悟った。やっちゃったことは仕方ない。なら、せめて私には嘘をつかないで欲しい。家族や友達が犯罪者になっても平気だけど、君が犯罪者になるのは嫌なんだ。言葉にできない気持ちで胸がいっぱいになった私はいつしか涙目になっていた。

「ヒロ君、ごめん。私、泥棒してるんだ」

「……そうか。いいよ。何を盗ったんだよ。金か？　本か？」

「言うのが恥ずかしいんだけど……」

「怒らないから言って」

「うん、私……」

「……」

「友達のシルバニアファミリーを……遊びに行くたびにひとりずつ盗んでるの」

「え？　シル？」

「友達は動物が住む大きな家まで持っててさ、羨ましくて……みんな私に自慢ばっかりしてくるから、家族をひとり誘拐してやったの」

「えーと、誘拐」

「ちょっとしたら返そうって思ってたんだよ。本当に！　でもいざ返そうと思ったら情がわいてさ。この子は私の子供だって」

「……」

『シルバニアファミリー』とは、一九八〇年代後半にエポック社から発売された、ウサギ、タヌキ、キツネ、クマ、リス、といった森の動物たちをモチーフとした人形のことである。人形だけではなく動物たちが暮らすドールハウスや家具なども魅力のひとつであり、女の子を中心にリカちゃん人形と双璧をなす人気のおもちゃであった。

どうやらナッちゃんは、金品には手を出さず、友達の家に遊びに行っては、家族一名をさらってくるシルバニアファミリー専門の誘拐犯だったようだ。名づけてシルバニアハンター。犯罪者には違いないが、その言葉の響きは何とも可愛らしい。

「男の子のキン消しって言えば、ヒロ君だって私の気持ちがわかるはずだよ？　あれを性格悪い金持ちに見せびらかされたら嫌な気分になるでしょ？」

「なるだろうね。でも僕は盗まない。ライターでそいつのキン消しを全部溶かしてやるよ」

「……」

「盗むのは卑怯だからさ、僕は戦うよ。だからキン消しを燃やす、そして溶かす」

「シルバニアを自慢されたら」

「シルバニアを燃やす、ドールハウスも燃やす」

「……」

「ナッちゃん、火は無敵なんだよ」

「ヒロ君って昔から火が大好きだよね」

「ああ、僕は昔と何も変わってないよ」

「……」

「怖いとは思うけどさ、ちゃんと返して謝ろうよ」

「わかった。怒ってくれてありがとね」

「人形一体だけ盗むってことはさ、ウサギさん一家とか、クマさん一家みたいに、同じ動物で家族になってないんだね」

「そう、クマさんがお父さん、ウサギさんがお母さん、子供はリスなの」

「へぇ、そっちの方が家族の絆が強そうでいいね」

「え、種類が違うんだよ」

「種類とか血の繋がりとかよりも大事なもんがあるよ。家族ってきっと」

柄にもないことを言った。照れ隠しに、私はヤマボウシの実をもう一度ナッちゃんの顔に投げつけた。

ナッちゃんはちゃんと投げ返してきた。安心した。


二〇一七年十一月。東京で暮らす私のもとに、地元から結婚式の招待状が届いた。差出人はナッちゃんだった。四十の大台に乗る前に、ようやく独り身を卒業するらしい。出欠を確認するハガキを取り出し、欠席に大きく丸を付けた私は、余白の部分にメッセージを書く。

ナッちゃん。結婚おめでとうございます。あの盗んだシルバニアファミリーなんですけど、結局もとの人に返さなかったでしょ。俺は何でも知ってます。

ナッちゃん。シルバニアファミリーに負けない幸せな家族を作ってくださいね。

そして、ここからは手紙に書かなかったメッセージ。

西山奈都己さん、私はあなたがいてくれたおかげで、自分が貧乏な家に生まれたことを不幸だと思わずに済みました。同じように貧乏なあなたと出会えたからです。

どうか丈夫な子供を、できれば娘さんを産んでください。あなたの子供が大きくなったら、私がシルバニアファミリーのおもちゃを買ってあげます。娘さんに「シルバニアのおじさん」と呼ばれるぐらいにしつこく買うつもりです。
そして今なら言える。西山奈都己さん、私は、あなたのことが好きでした。
でも普通の好きとはちょっと違う。
私はあなたと血の繋がっていない家族になりたかったんだと思います。
ありがとう。お幸せに。

僕とおっぱいの三年戦争

クラスメイトの鳥山莉子を倒す。

残されたチャンスは今年しかない。

一九九一年十一月、小学六年生の私は「打倒！　鳥山」という目標を掲げ、日々の厳しい練習に励んでいた。

いったい何の練習に。それは縄跳びの練習である。

私の通う小学校では、毎年十二月に全校生徒による縄跳び大会が開催されていた。特に「あや跳び」「交差跳び」など種目別で学年チャンピオンの座を決める個人戦は例年大盛り上がりとなっている。

上級者がこぞって参加する二重跳びの部において、私と鳥山さんは、昨年、一昨年と王座を争ったライバルである。しかし「縄跳びの申し子」と呼ばれる彼女の前に、私は二年連続、決勝の舞台で苦汁をなめさせられていた。同じ相手に三度負けるわけにはいかない。

二重跳びの部は予選と決勝に分かれて行う。予選は二十分の制限時間の中で、詰まらずに何回跳べたかを計測し、回数の多い上位二名が決勝進出だ。

決勝戦は、相撲の取り組みのように二名が向かい合う形で実施される。全校生徒の前で行われる一対一の果たし合い。時間は無制限、二人一緒に跳び始めて、先に失敗した方が負けという非常にわかりやすい試合形式だ。

ガチガチの体育会系育ちの父親の勧めで、幼少期から縄跳びを友達替わりにして遊んできた私は、持ち前の運動神経の良さも手伝い、調子が良いときなら、二重跳びを二〇〇回以上は跳べるほどの腕前だった。

二年続けて、予選をダントツトップの成績で突破した私が、なぜ鳥山さんに勝てないのか。

その原因は彼女の〝おっぱい〟にある。

切れ長の綺麗なツリ目をしたキツネ顔美人の鳥山さん。彼女は小学四年生の頃からおっぱいが大きかった。他の女の子と並ぶとその差は歴然で、体操服を着ても、豊かな胸の膨らみは隠すことができていなかった。大きさにしてBカップはあったはずだ。

四年生のときの二重跳びの部の決勝にて、向かい合って跳び始めた瞬間、私の目は鳥山さんの胸に釘付けになった。宙を舞った勢いで激しく上下に揺れる彼女のおっぱい。効果音をつけるならグイングインかバインバインという感じである。縦横無尽に暴れ回るおっぱいにすっかり集中力を乱された私は、あっけなく縄を足に引っかけ、その場にすってんころりん。完敗だった。

その一年後、今度は入念なおっぱい対策を立ててリベンジに挑むことに。

競技開始の合図と同時に、私は鳥山さんにくるりと背を向ける。おっぱいを見れば負け。それなら視界に入れなければいい話だ。我ながらグッドアイデアであった。

優勝を確信した私の耳に、「はっ！　はぁっ！　ふぅ！」という鳥山さんの激しい息遣いが聴こえてくる。どうやら焦りから呼吸を乱しているようだ。いや、徐々にこちらに近づいてきている気がする。

そう、なんと彼女は、二重跳びをしながら前方に移動して、私との距離を詰めてきたのだ。昨年よりも少し大きくなった彼女のおっぱいがグイングインバインバインと揺れながら迫ってくるではないか。お、おっぱいが襲ってくる！

私はまたもや鳥山さん、いや彼女のおっぱいに敗北を喫した。

そして、六年生の今年、小学校生活最後の縄跳び大会は一か月後。

今年こそ鳥山さんと彼女のおっぱいに勝ってみせる。

しかし、おっぱいとは実に厄介な代物だ。

母親がいない私にとって、おっぱいは昔から憧れそのものだった。

母乳を知らずに育った私。

小さい頃、おっぱいを吸いたいという欲望に負けた私は、年老いた祖母に頼み込み、そのしなびた乳を吸わせてもらったことがある。しわしわの乳を揉みしだき、くたびれた乳首を飽きることなく吸っていたあの頃。

そんな私の目の前に現れたおっぱい。憎むべきおっぱい。倒すべきおっぱい。それが鳥山さんのおっぱいなのだ。


悩める私のもとに、救いの使者が突然現れる。それはちょっとポッチャリ系の女の子だった。

十一月の席替えで、私と彼女は隣同士の席になった。

その子の名前は牛田彩さん。アンパンマンのような丸顔に、ポニーテールがバッチリと似合う女の子だ。

身長は約一五〇センチ、体重はおそらく六〇キロをゆうに超えていた牛田さん。確かに太ってはいるが、その天真爛漫な性格でクラスでは結構人気がある生徒だった。

鳥山さんがキツネ顔のサッパリ系美人なら、牛田さんはタヌキ顔のポッチャリ系美人といったところか。

そして、この牛田さんもかなりおっぱいが大きい女の子だった。私の目分量で、Cカップぐらいの巨乳を持ち合わせていたと思われる。

品のない男子たちは、牛という名前にかこつけて、牛田さんのおっぱいを「ホルスタイン牛の乳や〜」とよくからかっていた。だが、そんなことでへこたれぬ彼女は、「ほな、給食の牛乳を飲まずに自分の乳でも吸うたるわ！　ガハハ！」と豪快に笑い飛ばしていた。

その前向きな性格にも惹かれ、私は次第に彼女と話す回数が増えていった。

ある日の昼休み、私は縄跳び大会に関する悩みを彼女に打ち明けることにした。牛田さんならきっと受け止めてくれるはず。まるでお母さんのような不思議な安心感が彼女にはあった。

「僕、今年も縄跳び大会で鳥山さんに負けちゃいそうやわ」

「やる前から負けるとか言ったらあかん。今年は勝てるって！」

「いや、絶対に勝てへん理由があるんよ」

「え〜、あんた縄跳び得意やのに、どんな理由なん？」

「気持ち悪いとか言わんといてな？　縄跳びしてる時に、鳥山さんのおっぱいが揺れるのが気になって仕方ないんよ」

「うわ〜！　ドスケベ！　変態やん！」

「そんなんじゃないって！　もう〜、やっぱり言うんやなかったわ！」

「ごめんごめん、まぁ鳥山さんは可愛いしおっぱいも大きいもんね。でも、ほれ、私の方が大きいやん？　私のおっぱいでも興奮するん？　ほれ！　ほれ！」

そう言って自分の胸を近づけてくる牛田さん。

「やめてくれ〜！」と顔を真っ赤にして逃げ出す私を見て、「ガハハ！」と笑う彼女。

「おっぱいなんて大きくても何もいいことないんやけどなぁ。周りの大人や男子からいつも変な目で見られるから大変やで」

「そうなんか、女の子もいろいろあるんやなぁ」

「そうや、女の子はいつだって大変なんや！　あ、でもあのCMのモノマネができるで」

「え？　何のマネ？」

不適な笑みを浮かべた牛田さんは、両こぶしを空に突き上げ「ダ！　ダ〜ン‼」と叫んだ後、両手で自分の大きな胸を揉みしだきながら「ボヨヨン♪　ボヨヨン♪」と言った。

これは当時大流行していた栄養ドリンク「ダダン」のCMだ。池から飛び出してきた巨乳の外国人女子プロレスラーが、自分のおっぱいを揉みしだき、「ボヨヨン♪　ボヨヨン♪」と言うことで有名なテレビCMである。

「ほら、面白いやろ？　あんたも一緒にやりなよ」

「え、なんで俺が」

「ええからやりなって」

「うん……ダ……ダ～ン、ボヨヨン……ボヨヨン」

「もっと元気出せ！　ダ！　ダ～ン‼　や」

「……ダ！　ダ～ン‼」

「はい、一緒に♪　ボヨヨン♪　ボヨヨン♪」

「ダ！　ダ～ン‼」

確かに、あまりにバカらしくて、おっぱいなんかどうでもいい気がしてくる。楽しくなってきた私は、勢いよく「ダ！　ダ～ン！」と両手を振り上げる。すると、次の瞬間、私の右手に「ポヨン♪」というマシュマロのような柔らかな感触がした。

そう、私は目の前にいた牛田さんのおっぱいをこの手で触ってしまったのだ。

その柔らかさと弾力性は、私がよく知る祖母のしなびたおっぱいとは全然違っていた。ハッキリ言ってモノが違う。

なんて……、なんて幸せな感触なんだ。

太陽に、空に輝く太陽に触れたような、そんな感触だった。

ふと、我に返ると、いつもなら大声で「何しとんじゃ～！」と怒りそうな牛田さんが、自分のおっぱいを触って、顔をほんのり赤らめている。

慌てて謝る私に、「まぁ、ええわ、許したる」と微笑む彼女。なんか調子が狂う。

照れ隠しで「牛田さんのおっぱい、ボヨヨンやったで」と冗談を言うと、「死ね！」と彼女は私のお尻を蹴飛ばした。

昼休みの終わりを告げるチャイムが、初めて女の子のおっぱいを触った私を祝福するファンファーレのように校庭に鳴り響いた。

そして、勝負の日はやってきた。冬の縄跳び大会、二重跳びの部、大取りの六年生の王者決定戦。決勝は三年連続で私と鳥山さんの顔合わせとなった。彼女の胸は心なしかさらに大きくなっているようだった。

しかし、もう大丈夫。鳥山さん、君のおっぱいよりも素敵なものを私は知ってしまった。それは牛田さんのおっぱいだ。どんなに君の胸が激しく揺れたとしても、私の心は動じない。真正面から君と、君のおっぱいを見て戦う。今年こそ勝つ！

競技開始の笛が鳴る。私は目の前にいる鳥山さんと、上下左右に暴れまくる彼女のおっぱいに心を乱されることなく、黙々と自分のペースで二重跳びを続ける。よし、このまま勝負を決めてやる。長期戦もドンと来いだ。

その時、ふと観客の方に目をやると、そこに牛田さんがいた。彼女は私に向かって「ダ！ダ〜ン！　ボヨヨン♪　ボヨヨン♪」と、例のモノマネをしながら声援を送ってくれていた。

ああ、なんて素敵な世界なんだ。

目の前では鳥山さんのおっぱいが揺れている。

そして遠くでは牛田さんのおっぱいも揺れている。

おっぱいさえあればもうそれでいいじゃないか。

二重跳びで優勝するなんてどうでもいい。

今は少しでも長くこの死ぬほど幸せな時間に浸っていたい。

望むのはそれだけ。

ただ、それだけだ。

私はようやく本当の意味でおっぱいの呪縛から解き放たれた。

鳥山さん、牛田さん、二人のおっぱいのおかげで……。


牛田彩さん。

あんなに応援してくれたのに、鳥山さんに勝つことができなくてごめんなさい。

二人のおっぱいを見ていたら、縄跳びとかどうでもよくなっちゃいました。

幸運にも、私はあれから何人かの女性と巡り合い、素敵な恋をして、たくさんのおっぱいをこの目に焼き付け、この手で直に触ってきました。

たまに「お前は乳首で遊び過ぎ」と怒られます。

でも、私が人生で初めて触ったおっぱいは牛田さんのおっぱいです。

その事実だけは未来永劫変わることはありません。

私は、これから先の人生でも、あなたの大きくてボヨヨンとしたあの日のおっぱいをたまに思い出すのでしょう。

そのことをどうか許してください。

男はおっぱいのことを思うだけで幸せな気持ちになれるバカな生き物なのです。

そして、今ならわかる。

牛田彩さん。私はあなたとあなたのおっぱいが本当に大好きでした。

いや、今思えば、鳥山さんのおっぱいもあれはあれで捨てがたいし、他にも素敵なおっぱいをしていた子がいた気もする。

男って、大きさに関係なく、好きな女の子のおっぱいなら、なんでもいいんです。

となれば、私はクラスメイトの女子、全員のおっぱいが好きでした。

幼なじみの愛しき殺意

その瞬間、彼女の眼には確かな殺意があった。

一九九二年の秋、私は同じクラスの女子に殺されそうになった。

私の命を狙う女の子の名前は山内恵美。同い年の幼なじみだ。家が近かったこともあり、幼稚園の頃は、ほぼ毎日一緒にいた記憶がある。お互いのことを「ヒロキ君」「エミちゃん」と呼び合う仲の私たちは、エミちゃんの弟で二歳年下の「マサヒロ君」を加えた三人で、おままごとや鬼ごっこをして遊んでいた。

好き勝手にはしゃぎ回る私とマサヒロ君の面倒をみるのが、しっかり者のエミちゃんの役割だった。父子家庭で、母親のぬくもりを知らずに育った私にとって、何をしても笑って許してくれるエミちゃんは、頼れるお姉ちゃんといった存在で、私はその優しさについつい甘えがちであった。

小学校高学年になり思春期を迎えると、一緒に遊ぶことが急に照れ臭くなった。別に仲が悪いわけでもないのに、他の生徒たちに変な誤解をされぬよう、私たちは学校でも一定の距離を置くことにした。

一九九二年の春、私は中学一年生になった。疎遠になっていた私とエミちゃんの関係だが、中学に進学して同じクラスになったことを機に、また親しく話すようになった。陸上部の私とソフトボール部のエミちゃんは、部活終わりの時間が重なった時はいつも一緒に帰るのが常だった。

ソフトボールを始めるため、小さい頃から伸ばしていたご自慢のロングヘアーをバッサリと切ったエミちゃん。元々眉毛がキリっとしていて、目鼻立ちも整っていたエミちゃんには、ベリーショートの髪型が本当によく似合っていた。その凛々しさはまるでダイアナ妃のようで、男女問わず、ファンが多数いたらしい。

また、弟分のマサヒロ君とも良好な関係は続いていた。学年は二つ違っても、古くから気心が知れた男同士、月に二、三度は遊ぶ仲だった。

そんなマサヒロ君だが、実はちょっとシスコンの気があった。小学五年生なのに、いまだにエミちゃんと一緒にお風呂に入っているし、人前でも平気で抱きつくわ、ほっぺにチューをするわといった具合で、いつまで経っても姉離れができていない様子だった。

だが、甘えられる方のエミちゃんは嫌な素振りひとつ見せない。それどころか「もう少し大きくなったらマサヒロも変わると思うよ」と、常に弟をかばっていた。

仲睦まじい姉弟の様子を見ながら「自分にも兄貴がいたら、これぐらい優しかったのかな」と、母親と一緒に家を出て行った顔も知らぬ兄のことを、私はよく考えていた。

その年の夏休み、あちこちに老朽化が目立つようになってきたエミちゃんの家の建て替え工事が行われることになった。

「家がなくなっちゃう前に遊びに来てね」と誘われ、私は小さい頃に足繁く通ったエミちゃんの家に別れを告げにやってきた。

みんなで一緒に入ったお風呂、三人の身長が刻まれた柱の傷、マサヒロ君だけ登ることができなかった庭のイチョウの木、悪いことをした時に閉じ込められた屋根裏部屋。たくさんの思い出が詰まった三人の家がこの世から消えてしまうのが悲しくて、私は思わず涙をこぼしてしまう。そんな私を見て「こいつ泣いてる！　変なの〜！」と、ここぞとばかりにバカにしてくるマサヒロ君。

「エミちゃん、新しい家ができたらまた遊びに来てもいい？」

鼻水をすすりながら、私は聞く。

「当たり前じゃん、絶対来てね！」

いつも通りのエミちゃんの笑顔に救われる。

そうだ、悲しんでばかりいても仕方がない。新しい家で楽しい思い出をまた三人で作ればいいだけの話じゃないか。


時はちょっとばかし進み、一九九二年の十一月、大安吉日の今日、エミちゃんの新しい家の「上棟式」が行われる手筈となっていた。

上棟式とは、新築工事が「棟上げ」の段階まで終わったことへの感謝と、これからの作業の安全と完成を祈願して行われる神聖な儀式である。棟上げというのは、基礎工事を終えて、大まかな家の骨組みが出来上がった状態のことをいう。

神主様を呼んで祝詞を捧げ、家主と作業員みんなでお神酒を飲む。その他にもやるべきことはたくさんあるのだが、なんといっても上棟式の一番のお楽しみは「餅投げ」である。

上棟式を祝って集まってくれた近隣の人たちに向け、家主と大工さんが屋根の上から、紅白餅、お菓子、パン、五円玉などを大量にばら撒く。ご近所へのご挨拶と、みんなにも福をお裾分けしますという意味合いで行われる大切な催し物。それが餅投げだ。

タダでお餅やお菓子をもらえる餅投げは、私たちのような子供にとっては、楽しみで楽しみで仕方がないはずのイベントなのだが、この日だけは少し雰囲気が違っていた。

なんと、エミちゃんが自分の好きな男を、餅投げに招待したらしい。この情報を摑んだのはマサヒロ君である。

エミちゃんの想い人は同じクラスの中山君だった。ソフトテニス部に所属する彼は、いわゆる正統派ジャニーズといったフェミニンな顔立ちで、同学年の女子から王子様的扱いを受ける存在だった。王子様とダイアナ妃か、悔しいが結構お似合いだ。

「私が投げる役をするから来て！　中山君にいっぱいお菓子投げてあげるから！」とエミちゃんの方から誘ったのだという。

そうか、幼なじみの女の子にもついに好きな男ができたんだなぁとしみじみと思っていると、「なぁ、一緒にあいつの邪魔しようぜ」とマサヒロ君が悪魔のささやきをする。なるほど、姉狂いの弟からすれば、中山君は大好きな姉ちゃんを奪おうとする敵でしかないわけだ。姉の恋路を応援する気などさらさらないらしい。

私の考えはこうだ。元々中山君に恨みはない。エミちゃんの恋もうまくいけばいいとさえ思っている。だが、餅投げという神聖な儀式での八百長行為は許すことはできない。よって中山君を潰す。

私とマサヒロ君の共同戦線がここに誕生した。

屋根の上にエミちゃんのお父さん、エミちゃん、大工の棟梁が姿を現し、「せーの！」の掛け声で餅投げが一斉にスタートする。

私は群がる人波をかき分け、中山君の姿を自分の射程距離内に捉える。

エミちゃんから中山君に向かって一直線に投げられた紅白餅。それを取ろうと手を伸ばした中山君の横っ腹に、これでもかというぐらいの強烈な体当たりをお見舞いする。中山君が吹っ飛んだのを確認し、マサヒロ君と目を見合わせてニヤリと笑う。

その後も、故意に体をぶつけたり、背中を引っ張ったりと、私とマサヒロ君だけが別のスポーツをやっている感じで、中山君への妨害工作は続いた。

そもそも餅投げという行事は、大人も子供も、男も女も関係なく激しいぶつかり合いが起きるのが常なので、周りの大人達から特に注意されるようなことはなかった。

そろそろ中山君もへばってきたので、もうこの辺で許してあげようかと思った刹那、「ぐにゃ」っと、おでこの辺りに鈍い感触がして視界が激しく揺れた。ひと息置いて、今度は眉間の辺りに「パーン！」という破裂音が走り、私はKOされたボクサーのように、膝からその場に崩れ落ちた。痛みをこらえて屋根の上を見上げると、エミちゃんが三発目の餅を私に向かって投げるのが見えた。そして一秒後、また視界が揺れた。

そう、私とマサヒロ君の卑劣な行いにブチ切れたエミちゃんが、私たち目掛け、ものすごい勢いで紅白餅を投げつけてきたのだ。マサヒロ君の姿を探すと、どうやらみぞおちに良い一撃を食らったのか、お腹を抱えたまま前のめりに倒れ込んでいた。

エミちゃんはソフトボール部で鍛えたテクニックを駆使して、私とマサヒロ君に餅、パン、お菓子を次々と投げ込んでくる。やわらかめのパンとお菓子はなんとか耐えられるが、餅の硬さはダメだ。これはもはや鈍器だ。

素直に謝ろうと、エミちゃんの顔を見た時、自分の背筋が凍るのを感じた。激しい怒りの表情などではなく、氷のように冷めきった目で私を見つめるエミちゃんがそこにいた。

これが本当の殺意というやつなのか。

殺される。

私は餅で殺される。

私は幼なじみの女の子に餅で殺される。

ああ、いつかまた戦争が起きて、戦場で銃で撃たれたり、爆弾で吹っ飛んで死んだりするぐらいなら、幼なじみの女の子の投げる餅で死んだ方がまだ幸せかもしれない。

屋根の上から矢のように降り注いでくる餅を、この身で受け止めながら、私はそんなことを考えていた。

やがて、永遠に続くかと思ったお祭り騒ぎも収まり、辺りを静寂が包んだ。

「おい、大丈夫？　怪我はない？」

声の主はなんと中山君だった。あんなにひどいことをした私のことを心配してくれるのか。男として完敗だ。私とマサヒロ君は中山君に何度も何度も頭を下げて謝った。

そして、上棟式の後片付けをしているエミちゃんの背中に、私はおそるおそる声をかける。

「あの……中山君にひどいことしてごめんなさい」

「……中山君に謝った？」

「うん、ちゃんと許してもらった」

「それなら別にいいよ」

「あ、うん」

「私の投げた餅、痛かった？」

「すげ～痛かったよ」

「餅なのに？」

「死ぬかと思ったよ」

「餅なのに？」

「そうだよ！」

そこまで言ったところで、私とエミちゃんは吹き出してしまう。マサヒロ君だけがわけがわからずにキョトンとしていた。

いつだって最後は私を許してくれて、一緒に笑ってくれる人。それがエミちゃんなのだ。


四十歳になった今、エミちゃんは三人の子供を育てる肝っ玉母さんになった。あまりにイメージ通りなので笑ってしまう。ちなみにマサヒロ君はフランス料理のシェフになった。

私は仕事が行き詰まった時、気分転換にグーグルマップのストリートビューで実家の様子を見ることがある。「金がない金がない」と言う割には、親父が頻繁に車を買い替えていることがわかったりするので面白い。

自分の実家を確認した後、隣にあるエミちゃんの家の屋根を見る。この屋根の上から、綺麗な投球フォームで私に餅を投げてきた彼女の姿、あの綺麗な投球フォームは今でも鮮明に思い出される。

エミちゃん。

お正月にお雑煮を食べるたび、あなたの投げる餅で殺されかけたことを思い出すんです。餅を喉に詰まらせて死んだ人のニュースを見るたびに、餅って本当に怖い食べ物だなって思います。喉には詰まるし、ぶつけられると痛いし。

あの日のあなたの殺意に満ちた顔はとてもクールでした。

四十年ほど生きてきましたが、あんな怖い顔をした女性は一度も見たことがありません。

そして今なら素直に言える。

あの日、あなたを中山君に取られるのが嫌でした。

山内恵美さん、私はあなたのことがずっと好きでした。

でも、エミちゃん、餅は人に投げるものじゃありません。

君の青ヒゲと俺の無精ヒゲ

私の見間違えでなければ、隣の席の吉沢さつきにはヒゲが生えている。

鼻の下に青ヒゲのようなラインがあり、顎の辺りにはポツポツと長い毛も散見される。

机を向かい合わせで給食を食べるときなんかは、彼女のヒゲが気になって仕方がない。


中学二年生になって初めて同じクラスになった吉沢さん。これまでまったく面識はなかったが、その名前はよく耳にしていた。

吉沢さんは一年生の頃からなぎなた部のエースとして活躍しており、何か大会があるたびに全校集会で表彰されていた。そのため、彼女は校内ではかなりの有名人だったのだ。なんでも県内では向かうところ敵なしで、全国でも入賞を狙えるほどの腕前らしい。

おでこを出したオールバックスタイルがクールに決まっている吉沢さん。ハンマー投げの室伏広治に似たハンサムな顔立ちと、一七〇センチ近い長身も合わさって、まるでハーフ系の雑誌モデルのような風貌だった。ハキハキとした明るい性格に学校の成績も優秀と文句のつけようがない完璧なステータス。「文武両道」という言葉は、吉沢さんのためにあるといっても過言ではないだろう。

以前、なぎなた部が全校生徒の前で演武を披露する機会があったのだが、二メートルはあるであろう竹製のなぎなたを「えいやっ！」という掛け声と共に振り回す彼女の姿はひときわ目を引くものがあった。白の稽古着と黒の袴に身を包んだ吉沢さんは「かわいい」というよりも「かっこいい」女の子だった。スポーツ選手や漫画の主人公に対して抱く「憧れ」に近い感情を女の子に覚えたのは、吉沢さんが初めてだった。

同じクラスになれたことだけでも嬉しかったのに、席替えで隣同士になったときは、天にも昇るような気持ちだった。だが、近づいたゆえに、私は気づいてしまったのだ。

吉沢さんにはヒゲが生えている、という事実に。

隙を見て何度も確認してみたが、やはりヒゲが生えている。目の錯覚ということはないようだ。

しかし、どうしてなんだろう。吉沢さんほどの人なら己の身だしなみには人一倍気をつけているはずなのに。なぜ、あの青ヒゲだけ放置しているのだろうか。顎ヒゲなんかは自分で伸ばしているんじゃないかという気さえする。

もちろん本人に問いただすことなどできない。かといって先生や友達に相談でもしたら、そこから彼女へのいじめが始まる危険性がある。多感な中学生の時期、容姿に関する話題は慎重に扱わないといけないのだ。中学に上がってから顔中におびただしい量のニキビができ、軽いいじめを受けていた私には、そのことが痛いほどよくわかる。

まだインターネットも普及しておらず、自分の力で調べ物ができなかった一九九三年、私はかかりつけの皮膚科に、ヒゲを生やした女の子について相談することにした。

医者の話では、女性でもヒゲが生える人、毛深い人は存在するそうで、その原因としては、ホルモンバランスの乱れ、ストレスや不規則な生活が考えられるのだという。吉沢さんのように中学生からヒゲが生える女の子も珍しくないらしい。

親が脱毛方法を教えてあげたり、病院に通うことで解決できるそうだが、はたして吉沢さんはどういう対応をしているのだろうか。

女の子のヒゲが何も恥ずかしくないことだとはわかったが、問題は何も解決していない。次の日もそのまた次の日も吉沢さんのヒゲは私をじわじわと苦しめる。

本当の本当に自分で気づいていないのだろうか。

彼女の両親は、娘のヒゲを見て見ぬフリをしているのだろうか。

おそらく、私を含めクラスの誰もが知っているけれど、吉沢さんが完璧な女の子であるがゆえに、なんとなく伝えられずにいるこのヒゲ問題。

それならば、私が自分の気持ちを素直に伝えてみようか。

「君のヒゲは何も気持ち悪くないよ。というより似合っている。〝ヒゲがよく似合う〟なんて感想を女の子に言うのは失礼かもしれないけど、もし、君がそのままヒゲを伸ばして、あの大きくて長いなぎなたを振り回したら、君は『三国志』に出てくる関羽のようにカッコイイと思うんだ。関羽はとにかく最高なんだよ」

こんな称賛の言葉を送っても嫌みにしか聞こえないだろう。じゃあ、私に何ができるんだ。いや、何もしない方が良いのはわかっているのだが。

悩み抜いた末に私が出した結論は、〝私もヒゲを伸ばしてしまおう〟というものだった。

吉沢さんが自分のヒゲについてわかっていないのなら、私がヒゲモジャになった姿を見て、そのことに気づいてくれればいい。人気者の彼女と違い、クラスで浮いている私なんかがヒゲを伸ばしたら、すぐにいじめられるかもしれないが、それはそれでいい。自分が尊敬する女の子を守るために、己が犠牲になるなんていじめられ甲斐があるというものだ。

ヒゲをまったく剃らなくなって一週間、毛深い家系に生まれたおかげで、鼻の下、顎、もみあげの辺りに、そこそこ目立つ感じに無精ヒゲが生えそろってきた。

すぐに注意をしてくるだろうと踏んでいた担任や生活指導の先生は、どういうわけか私のヒゲに関して見て見ぬふりをした。クラスメイトも一様に「こいつ、どうしちゃったんだ？」という顔はするものの、誰もツッコミを入れてこない。それは隣に座る吉沢さんも同じであった。


やがて一週間もすると、遠目に見てもヒゲがわかるぐらいのモジャモジャ具合になってきた。学校に行く前、洗面所の鏡で自分の顔を見る。なんともふてぶてしい面構えだ。不思議なもので、ただヒゲを生やしただけなのに、自分が何かに生まれ変わったような万能感がする。ニキビを気にしていた弱虫の自分はもういない。このヒゲはいわば勇者の証だ。そう、私と吉沢さんの二人だけが選ばれし勇者なのだ。

わかっている。すべては思春期の勘違いだとわかっている。だが、たとえそうだとしても、初夏の日差しが差し込むまぶしい教室の中で、青ヒゲの吉沢さんと、無精ヒゲを生やした私が隣同士に座って授業を受けている瞬間ほど幸せな時間はなかった。これが私の青春だ。この時間だけは誰にも邪魔はさせない。

こうなったらいけるところまで伸ばし続けよう。他人にどう思われようと、吉沢さんと二人で〝ヒゲの青春〟を謳歌してやる。

そう決心した矢先に悪魔はやってきた。

ある日、学校から帰った私は、渋い顔で待ち構えていた親父に羽交い絞めにされた。

「お前、ヒゲなんか生やして調子に乗ってるようやの」

悪魔は電気シェーバーを片手にニヤリと微笑んだ。

ジョリジョリジョリ。

ジョリ。

私は、大事に伸ばしてきたヒゲをあっけなく失ってしまった。

伸ばすのにあれだけ時間をかけたのに、剃る時は一瞬。

大切にしているものを失うのはいつも一瞬なのだ。

ヒゲよさらば、ありがとう、私のヒゲ。


翌日、いつも通りの退屈な朝のホームルーム、私の顔からごっそりとヒゲが消え去ったというのに、クラスメイトも先生も、誰もその話題に触れようとしない。まるでこの世界に私が存在していないかのようで、午前中から死にたい気分は最高潮である。

「あ、ヒゲ剃ったんや、似合ってたのにもったいない」

不意にかけられた優しい言葉。

声の主は、なぎなた部の朝練帰りで、おでこから大粒の汗をかいている吉沢さんだった。

「あ、ありがとう」としか返事をできない私。

「大人になったら好きなだけ伸ばせるから、それまでは我慢やね！」

そう言って微笑む彼女の口の周りにはいつもと変わらぬ青ヒゲが輝いていた。

その日をきっかけに、以前よりは言葉を交わす回数が増えたものの、それ以上の進展は望めなかった私と吉沢さん。二学期以降は近くの席になることもなく、吉沢さんとの縁はそこまでとなった。

そして三学期になり、彼女が一学年上の先輩と付き合い始めたのと時を同じくして、吉沢さんの顔からヒゲが消えたことに私は気づいた。優しい彼氏が脱毛方法でも教えたのだろう。

彼女にとってはこれでよかったのかもしれない。でも、ヒゲのない吉沢さんは、ヒゲのないスーパーマリオのようで、エリマキのないエリマキトカゲのようで、何の魅力も感じなかった。

もう一生ヒゲなんて伸ばすもんか。私は心に強く誓った。


あれから二十五年ほど経った。

吉沢さつきさん、中学二年生のときに隣の席でヒゲを伸ばしていた男です。覚えていますか？

教えて欲しい。

あの頃のあなたは気づいていたのですか？

自分にヒゲが生えていたことに。

そして、あなたのヒゲに翻弄されたひとりの男がいたことを知っていますか？

もし、嫌な思い出だったらすみません。

でも、私はあえて言いたい。

あの頃の吉沢さんにはヒゲが本当によく似合っていました。

迷惑ついでに言わせてもらうと、吉沢さんの腋毛やあそこの毛はどうなってるんだろうって妄想もしました。スケベでごめんなさい。あなたのせいにするのは心苦しいんですが、あれから体毛の濃い女性が好きになりました。

女の子でもヒゲが似合う子がいるという事実。

ヒゲが素敵な吉沢さんに出会ったおかげで、世間の常識や、多数派だとか少数派だとか、平均値がいくつだとか、男だとか女だとかそんなものを気にせずに、良いものは良いんだと信じることができるようになりました。

あなたのヒゲが私に教えてくれたことです。

そして今なら声を大にして言える。

私はヒゲを生やしたあなたが好きでした。

私も四十歳を過ぎ、ようやくヒゲが似合う年頃になったかなと、最近ヒゲを伸ばし始めました。あの中学二年生以来ですよ。もし、いつか再会することが叶うのなら、その時はヒゲボーボーの私を見てください。

空を飛ぶほどアイ・ラブ・ユー

困った。

ブサイクなのにバク転ができるようになってしまった。

一九九三年、中学二年生の夏休み。私はひょんなことからバク転をマスターしてしまう。地面に両手を着けて後方に一回転するアレである。うちの学年、いや、学校の中でもできる奴はいない離れ業である。


始まりはジャッキー・チェンだった。

夏休みも残り一週間となった八月の終わり、宿題を無事に片づけ、暇を持て余していた私は、前日に見たジャッキーの映画『プロジェクトA』の影響で、家のすぐ裏手にある空き地にて、ひとりでカンフーごっこをして遊んでいた。

すみっこに積んである土管に駆け上り、ジャッキーの動きを真似てバク転をするフリをした瞬間、「あれ、これ本当にできるかも」という確信めいた予感が身体中を走った。その直感を信じることにした私は、夏の最後の思い出にバク転に挑戦しようと決心したのだ。もう使わなくなった古い布団を外に引っ張り出し、マット替わりに地面に敷く。簡単だが、これで練習環境は整った。

しかし、器械体操の経験もなく、スポーツは陸上しかやったことのない私が、まったくの独学でバク転を習得するのはさすがに危険である。

そこで、嫌々ながら、今回は親父の力を借りることにした。大学時代に関西アマレス界の猛者としてその名を轟かせた親父なら、コーチ役として申し分ないだろう。

二つ返事で私のオファーを受けてくれた親父の熱血指導が始まった。

「バク転は後ろに飛ぶ恐怖さえ克服すれば簡単や」という助言に従い、勢いよく後ろに倒れ込む練習からスタートする。

恐怖感が薄れてきたら、補助付きでバク転の動きを体に覚えさせる。同じ動作を何度も繰り返すことで、地面に両手を着くタイミング、体重移動の感覚を摑んでいく。

そして練習開始から三日後、ついに親父の補助がなくてもバク転ができるようになった。自分がひとつ上のレベルの人間に進化したかような喜びで、私は思わず「ウォォォ！」と雄叫びを上げ、親父と抱き合ってしまった。

その後も鍛錬を重ねた結果、夏休みが終わる頃には、側転からバク転というコンビネーション技に、その場飛びバク宙まで習得。アスファルトの上でも平気でバク転をできるぐらいの境地に到達してしまった。

自分の息子の上達具合が嬉しいようで、いつもは辛口の親父も、このときばかりは手放しで褒めちぎってくれた。

「すごいやんか。学校が始まったら、みんなに見せてやれ。人気者になれるぞ」

「うん、そうやね……」

ああ、親父は何もわかっちゃいない。適当に相槌を打ちながら私はそう思っていた。

確かにバク転を身につけることはできた。これを学校のみんなに見せれば一時的に注目を集めることになるだろう。でも、それは普通の男子の場合に限った話である。

中学二年生の時の私は、ひどいニキビに悩まされており、顔から首にかけての広い範囲がおびただしい量のニキビに覆われていた。表面がブツブツだらけの肌は、たとえるならイグアナかトカゲの皮膚、岩に貼りついたフジツボのように荒れ果てたものだった。

こんな顔の私がバク転をできるようになったところで、学校生活に光など差し込みはしない。この世で革命が起きるのはトランプの大富豪だけの話で、私のバク転とイケメンのバク転は同じバク転でも受け取られ方が違う。

同じ服を着ていても、イケメンは「それカッコイイ」ともてはやされ、私は「全然似合ってないよ」と馬鹿にされるのだ。

それに、ブサイクが変に目立つことをすると、それに腹を立てたヤンキーにイジメられる恐れもある。「ニキビ大回転」とか「妖怪ニキビ車」といった最悪のあだ名をつけられることだって考えられるのだ。あいつ、もしかしたらバク転ができたら人気が出ると思って、夏休みの間に頑張って練習したんじゃないか、そんな陰口を叩かれたら、それこそたまったもんじゃない。

忙しい中でコーチをしてくれた親父には申し訳ないが、私がバク転をできるという事実は、学校のみんなには内緒にしておこう。

そして、二学期がその幕を開けた。

私は何事もなかったかのように変わらぬ学校生活を過ごす。ニキビ野郎が空を飛ぶ必要はない。ニキビ野郎ってだけでもキモいのに、空飛ぶニキビ野郎になってしまったら、そのキモさが倍増してしまう。

でも、心ではそう理解しているのだが、やはりどうしてもバク転を誰かに見せたいという欲望に駆られるときがあった。思春期の承認欲求はまことにたちが悪い。

そんな時、私は神社や墓地に足を運び、人がいないところで思う存分バク転を披露していた。神社に祀られている氏神様、土の下で安らかに眠っている死者たちだけが私のバク転を見守ってくれていた。

ありがたいことに、神と死者以外にも私の勇姿を見届けてくれる相手が現れた。その辺にたむろしている野良犬や野良猫の集団である。もっとも、私がバク転をすると、蜘蛛の子を散らしたようにその場から逃げ去っていくのだが。

そんなこんなで、一か月もすると、もう自分では抑え切れないほどの熱い感情が私の中に生まれていた。

「やっぱり女の子にバク転を見てもらいたい！」

健全な男子なら当然の想いである。

神や犬にバク転を見せるために、私は頑張ったんじゃない。男として生を受けた限りは、やっぱり女の子の前でかっこつけたい。

だが、そうは言っても誰に見てもらえばいいのか。

「あの、ちょっと、僕のバク転見てくれないかな」

こんな誘い方をしたら、ほぼ、不審者である。

ほとんどの女子は私のことを不気味に思うだろう。ニキビ面で不潔な私のバク転を見てくれる女子など、この学校、いやこの世に存在するのだろうか。

あ、いる。ひとりだけいる。

同じクラスの佐藤瑠美子さんだ。

通称「沈黙の佐藤さん」である。

佐藤さんは、授業中も休み時間もまったく言葉を発しないことから、この異名が付けられていた。

当時は、とても物静かな性格の子なんだなと思っていたが、今になってみれば、彼女はおそらく場面緘黙症《ばめんかんもくしょう》だったと推測される。

自分の家では普通に話せるのに、学校や職場など特定の場所や状況において、極度の緊張からうまく話せなくなる状態。それが場面緘黙症だ。

たぶんだが、佐藤さんは、入学以来一度も言葉を発したことがない。先生たちも無理に喋らせようとはしなかったし、なんとなくその空気を読んで、私たち生徒も彼女とは良い距離感を保っていた。

そんな彼女だが、クラスでは人気者グループに属していた。

だって佐藤さんはとっても可愛い女の子なのだ。

中学生とは思えないクールな顔の作り、フワッとウェーブのかかった髪に、その無口さも合わさって、中森明菜のようなミステリアス系の美少女だった佐藤さん。

そうだ。佐藤さんに私のバク転を見てもらえないだろうか。彼女なら「キモい」とか「嫌だ」とか言わずに黙って見てくれるはずだし、クラスのみんなにこのことをペラペラと喋る恐れもないはずだ。

うまく言葉を話せない彼女を利用するみたいで申し訳ないが、別にいじめるわけではない。たった一度だけでいい。可愛い女の子に私のバク転を見て欲しい。ニキビだらけの男だって、人生で一度ぐらい空を飛んだっていいはずだ。

なんとも都合の良い解釈で無理やり自分の行動を正当化した私は、翌日の放課後、勇気を出して佐藤さんに声をかけた。書道部に所属している彼女は、部活に行く準備をしている最中だった。

「佐藤さん！　あの、見てほしいものがあるんだ。少しだけ付き合ってくれないかな？」

とくに親しくもない私からの突然の誘いにも、嫌なそぶりを見せず、佐藤さんは黙ってコクリと頷いた。間近で見ると本当にお人形さんのような小さくて可愛い顔をしている。

おそらく我が学校で最も人目に付かない場所。二階の離れにある視聴覚準備室前の廊下に彼女を連れていく。私の後ろをテクテクと付いてくる彼女。ああ、君のすべての動作が愛おしい。

現場に到着。他の人に見られないように細心の注意を払い、私は準備に入る。

「危ないから少し離れて見ててね」と安全な距離を取り、充分な助走から側転→バク転のコンビネーションを狙う。

失敗は絶対に許されない。

私のこれから先の人生が失敗だらけの酷いものになってもいい。だから神様、このバク転だけは成功させてください。

きっとオリンピックってこれぐらい緊張するんだろうな。

でも、私は金メダルよりも可愛い佐藤さんの笑顔が欲しい。

そして私は飛んだ、世界が回った。着地も成功だ。

「どうだ！」という表情で、佐藤さんの方を振り返ると、口をあんぐりと開けて驚きの顔をしている彼女。そしてすぐ「パチパチパチ……」と大きな音を立てて拍手をしてくれた。ああ、可愛い女の子が、私のためだけに拍手をしてくれている。これを奇跡と呼ばずして何と呼ぶ。

もう少しこの感動にひたっていたいところだが、そうも言っていられない。私は佐藤さんに一方的に自分の気持ちを伝えることにした。

どうか、クラスのみんなには言わないで欲しい。

佐藤さんなら黙って見てくれると思ってお願いしたこと。

もしそのことで嫌な気持ちにさせたなら本当にごめんなさい。

思いのすべてを伝えると、佐藤さんはにっこりと笑ってくれた。たぶん「気にしないでいいよ」という意味なのだろう。彼女はまだ何か言いたいことがあるような顔をしていたが、私にはそれを理解することはできなかった。

可愛い女の子にバク転を見てもらえた。可愛い女の子と二人だけの秘密を作ることができた。この事実だけで私は七十歳ぐらいまでは元気に生きていけそうな気がした。大袈裟じゃなく本気でそう思った。

神や野良猫にバク転を見せる生活に戻ってから二か月後、うちのクラスで一番運動神経の良い吉田君が「俺、バク転できるようになったぞ！」と騒ぎ出した。目立ちたがり屋の彼は、教室前の廊下を使って、クラスメイトの前で綺麗なバク転を決める。さすが吉田君、まるで体操選手のような綺麗な姿勢での後方宙返りである。

やっぱり発明でもパフォーマンスでも何でもそうだ。早くやればいいってもんじゃない。それをするのにふさわしい人がやるからこそ意味がある。大喝采を浴びる吉田君を見ながら私はそう思った。変な色気を出して、みんなの前でバク転しないで本当によかった。

そのとき、佐藤さんが私の方をチラチラと見ていることに気がついた。あの日と同じように、何か言いたそうな顔をしている。何かあるならそれをちゃんと言葉にして言って欲しい。私には君の思っていることがわからないんだ。

「俺もできるんだよ」ってみんなの前でバク転をしろとでも言うのか。俺みたいなブサイクはそんな目立つことしちゃダメなんだよ。

佐藤さん、私は絶対に間違っていない。間違っていないはずなのに、君に見つめられると胸がチクチクと痛むのはなぜなんだ。

でも君から「もう一度バク転をして」と言われたら、私は何度だって空を飛ぶつもりなんだ。吉田君にだって負けないぐらいに。

君がハッキリと自分の意見を言葉にして言える人だったら、私の学校生活も、いや人生すら変わったのかもしれない。こんな風に責任を君になすりつける卑怯者には元々無理な話なんだろうけど。

佐藤さんとは三年生でも同じクラスになったのだが、とくに仲良くすることはなかった。正しく言えば、私の方から接触を避けていた。あの悲しいバク転を思い出さないように。なんとか人間の女性にバク転を見せたかった私は、近所で農作業している農家のお婆ちゃんの前でバク転をするようになっていた。何回も披露していたら「すごいな、これ、ご褒美や」とミカンをもらったこともある。心は虚しいのにミカンはやけに甘かった。

そして卒業式の日。

運命というものは残酷なもので、卒業間際になって私の顔からニキビは綺麗さっぱり消えていた。あんなに苦しんだ三年間はいったい何だったんだ。

だが、ニキビがなくなったからといって、「第二ボタンをください」なんて素敵なイベントが起きることもなく、卒業式はつつがなく終わった。

下校前の教室では、クラスメイトたちがお互いの卒業アルバムにメッセージを書き込み合っている。私も仲が良かった男友達何人かとくだらない言葉を交換する。そのとき、不意に佐藤さんが近くにいることに気づいた。向こうも私の方をじっと見つめていた。

どうせ同じ高校にも行かないし、もう人生で会うこともたぶんないだろうなと思った私は、最後にもう一回恥をかいておこうと、メッセージ交換をお願いした。

佐藤さんは、前と変わらぬ笑顔で頷いてくれた。

「卒業おめでとう。高校に行っても元気でね」と無難な文章を書き込む私。少し照れ臭そうに佐藤さんがアルバムを渡してくる。

私はすぐにメッセージを確認する。そこには書道部らしい達筆でこう書いてあった。

「バク転カッコ良かったよ。またいつかバク転を見せて欲しいな」

読み終えた私は佐藤さんに向かって目で合図をした。

そして私は卒業式の日に、もう一度彼女の前で飛んだ。


佐藤さん元気にしていますか。

信じられないことに、私の体重は今、一〇〇キロ近くになりました。

もう見た目はほぼ球に近いです。

あなたに褒めてもらえたバク転など、もうできるわけがなく、側転すらも怪しいところです。

もし嫌じゃなければ、あの日の私のバク転を忘れないでいてください。

自分が空を飛べていた時のことを、佐藤さんに覚えていてもらえたら、なんか嬉しいです。

そういえば佐藤さんの声を僕は一回も聴いたことがありません。

もし、私がまたバク転をできるようになったら、君の声を聴かせてくれますか?

ああ、今ならわかる。

佐藤瑠美子さん、私はあなたのことが好きでした。

好きな女の子のためなら、男の子は何度だって空を飛べるんです。

アリの巣・イン・ザ・恋のワンダーランド

クラスメイトの杉浦直樹は登校拒否児である。

小学校の頃から学校を休みがちではあったが、中学に入ってからは、入学式以降、その姿を見ることはなかった。

杉浦君はお世辞にも明るい性格とはいえないが、別にいじめられたりはしておらず、大きな病気を患っているという噂も聞いたことがない。

スピッツの草野マサムネに似た中性的な顔をしており、少しナヨナヨした身体つきと、来日時のビートルズのようなマッシュルームカットが印象的だった杉浦君。その独特な愛らしさから一部の女子に局地的な人気があった。

いったいどうして彼は不登校になってしまったのか。

実は小学四年生のとき、私と杉浦君はちょっとだけ仲が良かった。

昼休みや放課後の校庭にて、他の子供たちがドッジボールやサッカーに興じる中、その頃の私は、アリの観察にひとり没頭していた。グラウンドの隅っこや花壇の傍にアリたちの姿を見つけては、彼らの行動を事細かにノートに書き留めていた。まさに気分はライク・ア・ファーブルといった感じだ。

巣穴から土や石をせっせと運び出す働き者、力を合わせて自分たちより大きな虫の死骸さえ動かすチームワーク、種類によって色、大きさ、その仕事内容が微妙に違うアリたち。魅力あふれるその生態は、何時間眺めていても飽きることはなかった。

なぜそこまでアリに興味を惹かれたのか。

多額の借金をかかえた貧しい家に生を受けた私は、懸命に働くアリたちの姿に、自分の辛い現状を重ねていたのかもしれない。アリに対する「頑張れ！」というエールは、自分自身に向けての応援でもあったのだ。

「君もアリが好きなん？」

そんなある日のこと、地面に這いつくばってアリを注視していた私に、声をかけてきたのが杉浦君だった。彼は舐めていた飴玉を口から吐き出し、「これでアリを集めよう」と言った。

それからというもの、私たちはコンビを組んでアリの観察に精を出すようになった。しかし、ただアリを眺めているのが好きな私に対し、杉浦君は時折、残酷な一面を見せることがあった。

地面に砂糖水を垂らし、集まってきた大量のアリをライターの火で焼き殺したり、ピンセットで捕獲したアリをアリジゴクの巣に落としたりと、それはそれは鬼畜の所業の数々。子供ながらの好奇心と彼への付き合いで、私も何匹かは殺したが、杉浦君の大量殺戮行為はエスカレートの一途をたどるばかりだった。

親の仇を討つかのようにアリを殺しまくる杉浦君に恐怖を覚えた私は、彼と一定の距離を取るようになり、じきにアリの観察もやめてしまった。

私という相棒を失ってからも、彼はひとりでアリを殺し続け、そしてクラスの中で孤立していき、やがて姿を消した。

たられればになるが、あのとき、自分が杉浦君の傍にいてあげたなら、彼は登校拒否児にならなかったかもしれない。そんな贖罪の気持ちを、私はずっと持ち続けていた。

そして時は流れ、中学二年生の二学期。唐突な話だが、杉浦君が再び学校に登校してくることになった。ただ、私たちと同じ教室で授業を受けるのではない。彼のためだけに新設された「特別学級」という場所で学校生活を送るのだという。

「特別学級」の担任を務めるのは東山先生という札付きの問題教師だった。「紳助・竜介」で漫才をしていた頃の島田紳助によく似た顔の東山先生は、生徒への人当たりもよく、顧問を務めていた陸上部も県大会で優勝を収めるなど、一見何の問題もない先生なのだが、その実は、毎晩のようにフィリピンパブに通い、陸上部の遠征にはお気に入りのホステスであるナーシャさんを同行させるヤバい野郎だった。

今までの悪行があかるみに出たことで、東山先生は陸上部の顧問を解任され、校長から「生徒との接触をできるだけ避けるように」とのお達しを受け、特別学級の担当になったのだ。

アリ殺しの杉浦君に、フィリピンパブを愛し過ぎている東山先生、なんと賑やかなクラスだろう。

久しぶりに顔を見れるかと期待したが、杉浦君が学校に通い始めて一か月経っても、彼の姿を学校内で見かけた者は誰もいなかった。ここまでくると本当に登校しているのかどうかも疑わしい。

そんなとき、東山先生から思いもよらない依頼が私のもとに舞い込んできた。

「おまえ、杉浦と一緒に給食を食べてくれへんか?」

せっかく学校に来ているのに、誰ともコミュニケーションがないのはもったいないと心配した東山先生は、せめて給食だけでもクラスメイトと一緒に食べてはどうかと提案したらしい。

もちろん、杉浦君の答えは「NO」だった。

ただ、もし「特別学級」まで来てくれるのなら、小学校の時に仲が良かった私となら会ってみたいと言っているそうなのだ。

私の答えは「YES」しかない。

杉浦君に会ってみたいという興味もあったし、できることなら、あの日の絶交を彼に詫びたい。これは願ってもない大チャンスだ。

ビーフカレー、コンソメスープにフルーツサラダという、その日の給食をお盆に載せ、一階の職員用トイレの奥にある「特別学級」へと向かう。ここは学校内で一度も足を踏み入れたことのない未開の地である。掃除が充分に行き届いていないのか、少しばかり埃っぽい廊下を進んだ先に目的の場所はあった。

そこは「特別学級」とは名ばかりで、もう使わなくなった用務員室を改装して作った四畳半の畳張りの和室だった。授業に使う机や椅子などは皆無。部屋の真ん中にちゃぶ台のような大きな丸テーブルが置かれ、その上にパチンコ雑誌、漫画、ゲームボーイなどが散らばっている。その周りを囲むように座椅子が配置されており、学校というよりも、先輩の家に遊びに来たような感覚に襲われる。

備え付けのＴＶで「笑っていいとも！」を見ていた杉浦君と思われる男子生徒が、ゆっくりとこちらを振り返る。

絶交してから約三年半ぶり、中学生になってからは初めて顔を合わせる瞬間が訪れた。

そこに私の知っている杉浦君の面影は何もなかった。

目の前にいるのは、髪の毛を肩まで伸ばしたロン毛の男。そしてうっすらとではあるが、口紅とファンデーションで化粧をした男だった。

ん？　杉浦君か？　でも意外と化粧は似合ってるかもな。

「うわ、久しぶりやな。ほんまに来てくれるとは思わんかった」

そう言って前髪をかきあげる杉浦君。

「……めっちゃ髪伸びたやん、後ろで結んだ方がいいんちゃうの」

「え、そうかな、そっちの方が似合うかな？」

よくわからない髪型トークをして、なんとかその場を取り繕う。化粧のことについては、とてもじゃないが突っ込めそうもない。

散らかったテーブルの上を片付け、自分の給食をそこに置き、私は大きく深呼吸をひとつ。よし、とにかくカレーを食って気持ちを落ち着けよう。カレーを食べればたいがいのことは大丈夫に思えてくるはずだ。

じっとりとした目つきで私の様子を見ていた杉浦君が「いただきますって言わなあかんよ」とイラつくひとことを口にする。

うるせえな、てめえは「いただきます」の前に説明することがあるだろうが。ちゃんと説明してくれれば、こっちも素直に「結構可愛いやん」と言えるのに。

そう叫びたくなる気持ちをグッと抑え、私は「いただきます！」とヤケクソ気味に言い放つ。その後に続き、杉浦君はやけに艶っぽい声で「い・た・だ・き・ま・す♪」と言った。グラウンドに面した窓から差し込む強い日光が目に入り、私は軽く眩暈がした。

それから後も、私は毎日「特別教室」へと足を運ぶことになる。杉浦君のゲイ疑惑など、思うことは多々あるものの、四畳半の部屋で、フィリピンパブ大好き先生とゲイになっちゃったかもしれない友達と三人で食べる給食の時間は、退屈な授業よりも何倍も刺激的で楽しかった。

杉浦君の変貌ぶりはクラスの誰にも教えなかった。杉浦君がゲイだろうが、そうでなかろうがどうでもいいし、そんなことよりも小学生の時に戻って、また仲良く話せるようになったことが何よりも嬉しかった。ここで、他のクラスメイトに変な茶々を入れられるのはまっぴらゴメンだ。


特別学級に通い出して一か月が過ぎた頃、いつものように、給食を食べ終えて無駄話に花を咲かせていると、最近髪を後ろで結んでポニーテールにした杉浦君が、いきなり真面目な話をし始めた。

「覚えてる？　小学校のときにさ、僕たち校庭のアリばっかり見て遊んでたやん？」

「覚えてるよ。楽しかったなぁ」

「でも僕はさ、たくさんアリを殺しちゃったやんか。燃やしたり、足で潰したりしてさ」

「うん、ひどかった。あんたは何千匹って殺してたよ。それが怖くなって絶交したもん」

「今、僕がこんな風に人とうまくやれないダメな奴になったのって、あのとき殺したアリの呪いなんかなぁって思うのよ」

「……呪いじゃないやろ」

「僕は他にも普通じゃないところあるねんな。実は女の子より男の子の方が好きやねん。それもアリの呪いやと思う」

「いや、なんでもかんでもアリのせいにしたらあかんって。それはそういう人たちにもアリにも失礼や。おまえはただ男が好きなだけ。それはそれでええんとちゃうの」

「ほんまに？　こんな僕でもいいのかな」

「全然いいんじゃない」

「ありがとうな」

「でもアリをたくさん殺したことは反省しいや」

「そうやんな。そうするわ。少しずつ頑張ってみるわ」

杉浦君の勇気ある告白に、精一杯の言葉で答えたと自分では思う。正解か不正解かはわからないけれど。

彼だけに重い話をさせたのは悪い気がして、私もずっと気に病んでいたことを告白することにした。この話を誰かに聞いてもらうのは初めてだ。

「杉浦君さ、それやったら俺にもあるよ。あのさ、風呂でオナニーして、そのまま湯船の中で射精したら、精子がどうなるか知ってる？」

「したことないからわからん」

「なんかさ、タンポポの綿毛みたいなさ、クラゲみたいな物ができるんや。それがフワフワ動くの。それで先輩に聞いてみたら、アレって死んだ精子のかたまりらしいねん」

「ええ～！」

「精子って受精せずに外に出た奴はみんな死ぬねんな。それで一回の射精で精子って何億匹も外に出るから、そのかたまりって精子何億匹の水死体やねん。そう思ったら……悲しくて悲しくてさ。もうその日ずっと布団の中で泣いてたわ」

「それは……きついね」

「うん、でもそれでもオナニーが気持ちいいから毎日してるねん」

「それは終わってるな。人として情けないよ」

「……」

「軽蔑するわ」

「そんな自分が情けないからさ、死んだ精子の分もちゃんと生きようって思ってる」

「精子の分までちゃんと頑張ろ！」

「……わかってるよ」

「な、あんたってどんなオナニーしてるん？」

「は？」

　私たちのくだらないやり取りを遠くから見ていた東山先生が口を開く。

「青春してるなぁ、羨ましいわ。さて先生からも良い話をしてやろう」

「お願いします」と姿勢を正す私たち。

「ワシがなんでいろいろ問題起こしても、ずっとフィリピンパブを好きなのかわかるか？」

必死で頭を捻ってみるも答えを出せない私と杉浦君。

「それは理屈じゃないからや。フィリピンパブが好きで好きで仕方ないんや。本当の好きって気持ちは常識にとらわれる必要はないし、誰にも邪魔されないものなんやぞ。大人になったらわかる。よく覚えておきなさい。返事は？」

それは問題教師なりの杉浦君へのエールだったに違いない。なんだかとっても心がポカポカしてあたたかかった。これが本当の陽だまりの場所というやつなのかもしれない。私は割と本気でそう思った。

それからも、私は可能な限り「特別教室」へと通ったのだが、我々三人の蜜月は突如終わりを迎えることとなる。

東山先生がフィリピンパブのホステスに二股を掛けていることがバレてしまい、怒った彼女が学校に乗り込んできてしまったのだ。たび重なる不祥事により、東山先生は自宅謹慎処分になり、翌年には別の学校に飛ばされることになる。

新しく「特別学級」の担任になったのは「頑張れ」「甘えるな」が口癖の熱血女性教諭で、彼女とまったく反りが合わなかった杉浦君は中学校卒業まで一度も学校に来なかった。

その後、私が遠方の高校に進学したこともあり、杉浦君と顔を合わす機会は永遠に失われてしまった。

だが、私は信じている。

自分が殺してしまったアリの分まで、きっとあいつは人生を頑張って生きていることを。

私だって死んだ精子の分まで頑張って生きているのだから。


杉浦直樹さん。お元気ですか？

あなたがノンケでもゲイでもなんでもいい。

杉浦直樹さん、勇気をもって自分が何者であるかを告白してくれたあなたを、私は人間として尊敬しています。

なんなら、私はあなたのことが少し好きだった気がします。

この先辛いことがあったら、中学二年生の時、フィリピンパブ狂いの先生と私とあなたの三人で過ごした「特別学級」を、あの陽だまりの場所を思い出して頑張りましょう。

あなたのこれからの人生が素晴らしいものであることを心から祈っています。

でも、あんなに大量のアリを殺したあなたは、死んだら間違いなく地獄行きでしょう。

どうか、地獄でも可愛いあなたでいてください。

放課後のジャイアントスイング・プリンセス

「この卑怯者！」

目に大粒の涙を浮かべ、小学六年生の橘文香は悔しそうに言った。私は無言のままエアガンの銃口を彼女に向け直す。

「女に銃を向けるとか恥ずかしくないんか！」

橘さんはさらに声を荒らげる。その金切り声にイラッとっときた私は、彼女の足元に「パン！　パン！」とBB弾を二発撃ちこむ。私の威嚇射撃で「ひっ！」と後ずさりする彼女を見て、周りにいた悪ガキ共がゲラゲラと笑い声を上げる。

学校から歩いて五分のところにある町内公民館のグラウンド。地域住民に無料開放されているので、放課後は小学生たちの遊び場と化している。最高学年である六年生の男子グループがこの場所を支配するのが長年の習わしであり、今は私たちの天下となっていた。そこに単身乗り込んできた女の子。それが橘文香だった。

クラスメイトの橘文香はいわゆる女番長である。

スポーツ刈りに近い短髪と一七〇センチに迫るほどの身の丈。実家は酒屋を営んでおり、親の手伝いで酒瓶を毎日運んで鍛え上げたその体は、いわゆるムキムキであった。

クッキリとした目鼻立ちに、シャキッとした極太眉毛が印象的な橘さん。運動会でハチマキを巻いた姿が、当時流行っていたTVゲームの『大工の源さん』にそっくりだったので、クラスのみんなから「源さん」と呼ばれていた彼女。

橘さんは正義感にあふれた女の子で、頼まれたら嫌とは言えない親分肌。恵まれた身体能力を生かし、取っ組み合いの喧嘩でも男子と互角以上に渡り合うファイターだ。

女友達をいじめた悪ガキ共にひとこと文句を言ってやろうと、今日もこうして殴り込みをかけてきたわけである。

当時の私は悪ガキグループに属してはいなかったが、彼らの宿題を肩代わりしてあげるなど、常にいじめっこのご機嫌を窺う腰巾着だった。悪ガキたちに好かれてさえいれば、自分がいじめの対象になることはない。そんな小狡い計算ができる嫌な子供、それが私だ。

橘さんが乗り込んできたその時、私たちはエアガンで遊んでいるところだった。これは悪ガキたちに気に入られるチャンスだと直感した私は、即座に彼女に銃口を向けた。

しかし、エアガンはいい。安全な距離から相手を攻撃できるのがなんとも素晴らしい。幼い頃から私に対してDVに近いスパルタ教育を課してきた親父に対し、私はエアガンを手に戦いを挑んだ。そして、敗れはしたものの、徹底的な遠距離攻撃を駆使し、あの屈強な親父を苦しめることができた。そう、この銃が私の世界を変えてくれたのだ。

橘さんは「女に銃を向ける奴がいるか」と私を叱責したが、私はすでに実の親を銃で撃っている。こっちはもう一線越えちゃったんだよ。これ以上痛い目に遭いたくなければ大人しくしていろ。

これで一件落着かと油断したそのとき、「わぁぁぁぁ！」という絶叫と共に、橘さんが猛突進を仕掛けてきた。そのあまりの気合いに押され、金縛りにあったように体が動かない。ラグビーのタックルのような形で私を仰向けに倒した後、そのまま馬乗りになって彼女はゲンコツの雨を降らしてきた。重い、なんて重い拳だ。このままだとやられる。私はなんとか彼女の脇腹に銃口を当て「ドン！　ドン！」とBB弾を撃ち込む。「うぁっ……」

と鈍い声を上げ、距離をとる橘さん。怒りに震えるその姿はまるで不動明王のようだ。

「お前、男やったらそんなもん使わずに喧嘩せぇや！」

「うるさいのぉ、勝てばええんや！　撃ち殺すぞ！」

「ほんならこっちは殴り殺したるわ！」

「おお、やってみろや！　源さん！」

これはもうどちらかが死ぬまでの決闘だ。

殺られる前に殺る。悪いが橘さんには今日ここで死んでもらう。

引き金にかけた指に力を込めた瞬間、「コラ～！」という声が辺りに響き渡った。騒ぎに気付いた公民館の職員がグラウンドまで駆け付けてきたらしい。

こうして私と橘さんの決闘は消化不良で終わった。

この件がきっかけで私たちは犬猿の仲となる。中学に進学してからもお互いに完全無視、校内ですれ違う時は、相手に聞こえるように舌打ちをするほどだった。

しかし、一九九四年、中学三年生の春に、私と橘さんは思わぬ形での再会を果たす。

私が所属していた陸上部に、突如として橘さんが入部してきたのだ。三年生は七月で部活引退となるため、それまでに残された時間はあとわずか。そんな時期に、どうしてわざわざ転部などしてきたのか。

なんでも噂では、所属していたソフトボール部で、自分のミスで大事な試合に負けてしまい、そこからひどいいじめに遭ってしまったのが転部の原因らしい。頼りになるキャプテンとしてチームを引っ張っている姿を目にしていたのに、なんとも残酷な話である。

類まれなる運動能力を持ちながらも、ソフトボールを辞めるしかなかった橘さん。そんな逸材に救いの手を差し伸べたのが我が陸上部の顧問だったのだ。

橘さんの適正競技を検討した結果、「走」「投」「跳」というすべての能力に秀でていた彼女は、「三種競技B」を専門にすることが決まった。

そう、それは奇しくも私と同じ種目だったのである。

「三種競技」とは、トライアスロンのように異なる三つの競技を行い、その合計点を競う種目だ。三種競技Bの内訳は、男子は「走り幅跳び、砲丸投げ、四〇〇メートル走」、女子は「走り幅跳び、砲丸投げ、一〇〇メートルハードル」となっている。ただ走るのが速いだけでもダメだし、力があるだけでもダメ。まさに総合的な運動能力が必要とされる。

確かに橘さんにはもってこいの種目である。まあ、私の場合は「ひとつの種目をずっとやっていると飽きちゃうから」というふざけた理由で三種競技をやっていただけなのだが。

しかし、自分が過去に銃で撃ったことのある相手がチームメイトとは。しかも「三種競技B」をやっているのは私と橘さんの二人だけというオマケつきだ。

小学校時代の因縁などつゆ知らぬ顧問は、橘さんの指導役に私を任命した。ここまできたらもう仲良くするしかない。覚悟を決めた私は、二年半ぶりに彼女に話しかけた。

「あの～、橘さん、ごめんな。俺が指導役で。よろしくね」

「いや、うん、大丈夫。よろしくお願いします」

「あ、敬語やめて。気楽にやろう。うん、あの、はい」

「そうやね、うん、うん、うん」

予想通りの気まずい沈黙が流れる。間違いなくあの日の喧嘩が尾を引いているなと感じた私は、きちんと謝罪をすることにした。

「あの、橘さん、昔、エアガンで撃ってごめんな。あの時の俺はおかしかった。銃の魅力に取り憑かれていたんだよ」

「いいよ、いいよ、私こそボコボコに殴ってごめんな」

「橘さんはマジで喧嘩が強かったわ、あのままやってたら俺が負けてたわ」

「もう！　恥ずかしいって！　これからは仲良くしてな？　これで仲直り！」

そう言って橘さんはニカッと笑う。小学校の頃から変わらないスポーツ刈りの彼女は、やっぱり大工の源さんに似ていた。いや、源さんというよりも日焼けで真っ黒になったその顔は、総合格闘家のヒクソン・グレイシーにそっくりじゃないか。プロレスと格闘技が大好きな私には、もう彼女のことがヒクソンにしか見えなくなってしまった。

そして、女の子にこんなことを言ってはいけないとわかっているのに、私はその言葉を口にしてしまう。

「橘さんってヒクソン・グレイシーに似てるね」

「え？　何？」

「知らんやろ、ヒクソン。安生ってプロレスラーをボコボコにしてん」

「いや、知ってるよ。めっちゃ強い格闘家やろ？」

「え？　え？　なんで知ってるん？」

「親の影響で、私、昔からプロレスが好きやねん。だからヒクソンのことも知ってる。やっぱ似てる？　自分でも少しヒクソンに似てるなぁって思ってたんよ」

「ごめん、正直ソックリやわ」

「まぁ、ヒクソンは強いからいいけどな。強い人に似てるのは嬉しいもん。前田に似てたらもっと嬉しかったけど」

「え？　橘さん、前田日明も知ってるの？」

「前田も高田も佐山も猪木も馬場も知ってるよ。あと女子プロレスも大好き」

「え、俺も好き。女子なら豊田真奈美とチャパリータＡＳＡＲＩが好きや！」

「私は井上京子！」

感動だ。

大好きなプロレスの話を女の子とできる日がくるなんて思わなかった。

夢ではないか。

今、私の目の前にはヒクソン・グレイシーによく似た顔をしたプロレス好きの女の子が立っているのだ。

それからというもの、練習などほったらかしで、私たちは連日プロレス談議に花を咲かせるようになった。七月の総体なんてどうでもいい。女の子とプロレスの話ができる喜び。これ以上の喜びはないのだから。

プロレスを愛する同志、橘さんが陸上部にやってきてから早一か月。うららかな風が吹き抜ける五月の放課後のグラウンドで、私は彼女の口から思わぬ言葉を聞くことになる。

「私な、高校に行かへんかもしれん」

「え？　え？　なんでなん？」

「親の勧めもあるんやけどな、私、プロレスラーになりたいねん」

「え！　マジか！　もちろん全女（全日本女子プロレス）？　まさか神取忍のＬＬＰＷ？　ブル中野もアメリカから帰ってきたし全女がいいよ！」

「うん、私も全女に行きたい。最近は家でも筋トレばっかりしてるんよ」

「すごいな！　うん、全力で応援する！」

「ありがとう！　嬉しい！」

「自分の友達がプロレスラーになるとか最高や！　俺にできることあったら何でもするで？　何かある？」

「……じゃあさ、プロレスごっこに付き合って欲しい。走り高跳びのマットを使えば、技をかける練習とかできそうやん？」

「いいやん！　うちには高跳びの選手いないしな。よし、俺らで占領しよう」

高跳び用マットの上に「ぴょん！」と飛び乗る私たち。私は敬愛する武藤敬司の、橘さんは井上京子の入場パフォーマンスの真似をしてからプロレスごっこを始めることに。彼女の夢を叶えるためとはいえ、生まれて初めて経験する女の子とのプロレスごっこ。胸の高鳴りを抑えることなどできようか。

「どんな技でも受け切ってみせるで。かけてみたい技とかある？」

私の問いにしばらく考え込んだ後、彼女は答えた。

「私、井上京子のジャイアントスイングしてみたい」

「あ、いいやん！　この前キューティー鈴木を三十九回もぶん回してたもんな」

「でもマットの上やと足場が悪いかもなぁ」

「それなら運動場でやろうよ。俺、全然痛いのとか平気やし」

そう言って私はグラウンドの上に仰向けに寝転ぶ。

「タタッ……タタッ……タタタタッ！」とトラックを走る陸上部のチームメイトの足音が私の背中にダイレクトに響いてきて、それが何だか心地いい。五月晴れの澄み切った青空がとても綺麗だ。これからこの空が大回転を始めるんだな。

「いくで、十五回ぐらいは回すで！」

私の両足を自分の脇にしっかりと抱え込む橘さん。そのとき、ふくらはぎに微かに感じた彼女の胸の膨らみ。ああ、別の意味でも興奮してしまいそうだ。

「おりゃあっっっ！」

その声を合図に、私の体はふわりと浮き上がり、地面と水平にゆっくりと回転を始めた。

さすが怪力無双の橘さん、四七キロの私の身体は徐々にその回転速度を増していく。

空が回っている。

ぐるぐる、ただ、ぐるぐると回っている。

なんて気持ちいいんだ。

学校や家であった嫌なことなど全てどうでもよくなってくる。

ああ、このままずっと君に回されていたい。もしも願いが叶うなら、中学を卒業するまで毎日俺にジャイアントスイングをしてはくれないか。

そう思った刹那、音にするなら「ズガァン！」という激しい衝撃が私を襲った。成功したかに見えた橘さんのジャイアントスイングだが、回している途中で足がすっぽ抜け、私の体は勢いよく地面に叩きつけられてしまったのだ。

首、腰の辺りにひどい鈍痛を感じる。これは無理に立ち上がらない方がいいなと判断し、私は静かに目を閉じる。もうしばらくグラウンドに寝そべっておこう。

ん？　周りがやけに騒がしい。

「キャー！　キャー！」と叫ぶ女生徒の声。もしかして頭から血でも出ているのか？　とりあえず立ち上がろうとしたその時、私は気づいてしまった。

下半身が丸出しになっている。

チンチンが丸見えになっている。

そう、足がすっぽ抜けたのと同時にズボンとパンツも脱げてしまったのだ。

何が起きたのかを把握できず、橘さんは私のズボンを手に持ったまま直立不動の姿勢で固まっている。早くチンチンを隠さねばと焦る私は、走り高跳び用のマットの下に自分の体を滑り込ませ、そこから顔だけチョコンと出す。その姿はまるでカタツムリのようだった。

ようやく我に返った橘さんが、私の元にズボンとパンツを持ってくる。私の姿をしばらく観察した彼女は、もうこらえきれないという感じで笑い出す。

「もうやめてよ。それ、今どういう体勢なん？　マットから首だけ出してさ、チンチン丸出しカタツムリやん。もう無理。あははははは！」

「ははは……」

もう、私も笑うしかなかった。

そんな災難に遭いながらも、私と橘さんのプロレスごっこは部活引退の日まで続いた。「ボディスラム」に「足四の字固め」に「バックドロップ」と、いろいろな技の練習台としてこの身を捧げたが、ジャイアントスイングだけはお断りした。二度とチンチン丸出しカタツムリにはなりたくない。

結局、橘さんは高校に進学した後、家庭の都合で夢を諦めてしまう。今は地元の農協で元気に働いているらしい。

彼女がリングの上で大歓声を浴びることはなかったが、プロレスラーになることを夢見て練習に励んだあの輝く時間を共有できたことは、私にとってかけがえのない宝物である。


橘文香さん。

お元気ですか？

チンチン丸出しカタツムリです。

あの日、あなたにジャイアントスイングでぶん回されているとき、私はゆりかごに揺られている赤ちゃんになったような気分でした。

何も考えずにただ眠ってさえいればよかった日々。

もう戻ることのできないあの頃の幸せな気持ちを思い出させてくれてありがとうございました。

ただ、あなたが見た私のチンチンも赤ちゃんサイズだったことは忘れて頂ければと思います。

中島みゆきの歌のように時代は回る。

ジャイアントスイングのように時代は回る。

楽しかったことも嫌なことも一緒くたにして時代は回る。

辛かった過去を良い思い出にすり替えて時代は回る。

すべての女の子との思い出を「恋」だと勘違いして時代は回る。

だから私は、今まで巡り合ったすべてのクラスメイトの女子たちを全員好きになる。

橘文香さん。

もちろん、あなたもそのひとりです。

私はあなたのことが、あなたの力強さが本当に好きでした。

ただ、風俗で高いオプション料金を払って、女の子にジャイアントスイングをしてもらう変態になってしまったのは、あなたのせいです。

時代がどれだけ回ってもそれだけは変わりません。

私だけの
歌姫は
クラスで一番
地味な女の子

中学三年生の平田麻沙子は今日も昭和歌謡を歌う。先週は、麻丘めぐみの『わたしの彼は左きき』を愛らしく歌い、今週は、テレサ・テンの『空港』を情感たっぷりに熱唱する。

一九九四年、夏休みを目前に控えた七月の音楽室。窓から差し込む直射日光を防ぐため、すべてのカーテンが閉め切られた薄暗い室内で、五時間目の音楽の授業が行われていた。本日は毎週火曜日恒例の「自由歌唱」の授業である。

育児休暇中の先生に代わり、一学期の間だけ音楽を指導してくれる非常勤講師の女性。年は四十代半ば、一見おとなしそうな先生だが、これがなかなかの変わり者だった。

「どうせ私とみなさんとは短いお付き合いです。なので、私は教科書の内容にこだわらず、音楽の楽しさを教えたいと思います。毎週火曜日に歌のテストをします。教科書に載っていないみなさんの本当に好きな曲を歌ってください」

ちょっとイカした非常勤講師の発案により始まったのが「自由歌唱」だった。歌う曲は最新のヒット曲からアニメの主題歌に洋楽まで何でもあり。教科書に載っていない曲を扱うためピアノ伴奏はなし。ひとりずつみんなの前に出てアカペラで歌う形式の歌のテストだった。歌のよしあしは関係なく、楽しく歌えているかどうかが唯一の評価基準とされていた。

不意に手渡された「自由」に、最初は戸惑ってしまったが、クラスの目立ちたがり屋たちが、中山美穂&ＷＡＮＤＳの『世界中の誰よりきっと』や、槇原敬之の『もう恋なんてしない』など、当時の流行歌を歌ったのをきっかけに、各々が好きな曲を歌い出した。ウケを狙って『君が代』や校歌を歌う奴もいれば、自作の曲を披露するツワモノまでいた。授業中というよりは、クラスのみんなでカラオケに来ているかのような砕けた雰囲気に包まれる音楽室。非常勤講師の先生の目論見通り、私たちは人生で一番楽しい音楽の授業を受けていた。

そんな「自由歌唱」の授業で、ひときわ異彩を放つ女生徒が現れた。彼女の名は平田麻沙子。編み込みのツインテールが可愛らしい、クラスで一番背が高い女の子だ。失礼な言い方になるが、身長が高いこと以外にはそんなに目立たぬ女の子だった。三年生で初めて同じクラスになったが、まだ言葉を交わしたことすらない。

ほとんどの生徒が平田さんの歌う曲に興味を示していない中、のっぽで地味な女の子が、ちあきなおみの『喝采』を力強い伸びやかな声で歌い出した。突如ぶち込まれた歌謡曲にクラスの雰囲気は一瞬どよめいたが、すぐに波を打ったように静かになった。自分がよく知らない歌への反応なんてそんなものだ。しかし、私の目は『喝采』を歌う女の子に釘付けになったたままだった。

三歳で母親が家を出て行き、仕事で家を空けがちな父親とはふれあう時間をまったく取れずに大きくなった私。そんな私を親代わりに育ててくれたのは心優しい祖父母だった。

毎晩、三人で一緒にTVを見ているときが一日で一番幸せを感じるひとときだった。祖父母とよく見ていた番組は『NHK歌謡コンサート』や『演歌の花道』といった大人向けの歌番組が多かった。子供の私には、演歌の良さは分からなかったが、歌謡曲、とくに女性が歌う歌謡曲は大好きだった。きっと女性歌手に自分の母親の姿を重ねていたのだろう。TVに映る歌手を真似て、私が歌謡曲を歌うと、祖父母は「うまいうまい」と手を叩いて喜んだ。家族の笑顔を見られることが嬉しくて、私は毎晩のように自分のリサイタルを開催した。そのレパートリーは五十曲はあったと思う。

中学生になってからは、気恥ずかしさもあり、家族の前で歌うことはなくなったが、歌謡曲を愛する心を忘れたことはない。平田さんの歌を聴いているうちに、私は大好きな歌謡曲を歌いたいという衝動に駆られた。

しかし、私が選んだ曲は、米米CLUBの『君がいるだけで』だった。歌謡曲を歌うことで変な注目を集めるのを避け、安全策である大ヒット曲に逃げたのだ。何度も言うが学校という場所は、何気ないことがきっかけでいじめの対象にされる怖い世界だ。歌謡曲への愛よりも身の安全の方が大事である。

毎週火曜日の「自由歌唱」は、すぐに人気科目になった。そりゃそうだ。ただ好きな歌を歌うだけの授業なんて最高じゃないか。だが、私にとっては苦痛を感じる時間でもあった。それは平田麻沙子のせいだ。彼女は毎週毎週楽しそうに歌謡曲を歌いやがる。まるで私に見せつけるかのように。

平田さんの歌声は、とくに美声というわけではないが、私の胸にやけに刺さってくる。他人にどう思われるかばかりを気にして、自分の本当に好きな曲を歌おうとしない弱虫の私は、歌謡曲への愛にあふれた彼女の純粋無垢な歌声を聴くのがとにかく辛かった。そして同時に羨ましくて仕方なかった。

悔しいが、今週の平田さんも最高だった。テレサ・テンは平田さんの声質に一番合っている気がする。来週はいよいよ一学期最後の音楽の授業だ。二学期からは正規の音楽教師が復帰するので、次が最後の「自由歌唱」になってしまう。はたして平田さんは何の曲を歌うつもりなのか。いてもたってもいられなくなった私は、ある日の放課後、平田さんに話しかけることにした。

「平田さん、あの……、来週の自由歌唱は何歌うの？」

「……え？」

「いや、うん。ちょっと気になってさ」

「まだ決めてないんよね～」

「そうなんだ。ああ、この前のテレサ・テンは良かったよ」

「ありがとう！　クラスのみんな全然反応してくれないから、誰も聴いてないのかと思ってた。だから嬉しい」

破顔一笑という感じで満面の笑みを浮かべる平田さんを見ているうちに、私も少しだけ自分の気持ちに素直になろうと思った。

「実は、クラスの誰にも言ってないんだけど、俺も歌謡曲大好きなんだよ」

「え？　ほんとに？」

「うん、俺、家の都合でお爺ちゃんとお婆ちゃんとばっかり一緒にいたからさ。自然と好きになっちゃった。だから平田さんの歌ってる曲は全部知ってるよ」

「嘘！　すごいじゃん！」

「平田さんはなんで歌謡曲が好きなの？」

「うちも……家の都合かな。うちはお婆ちゃんもお母さんもスナック勤めなんだよね」

「え、そうなんだ」

「子供の頃から、スナックによく遊びに行ってたの。それでお客さんの前で歌ったら、すごく喜んでくれたから、ずっと歌ってたの」

境遇は違えども、同じように歌謡曲を愛する二人がこうして巡り合った。この出会いを無駄にしたくない。私は決意した。

「俺、次の自由歌唱で堀江淳の『メモリーグラス』を歌うよ。俺の一番好きな曲なんだ」

「私も好き！　じゃあ私はどうしようかな。そうだ！　リクエストしてよ。知ってる曲なら歌うよ」

「え……じゃあ、ペドロ&カプリシャスの『五番街のマリーへ』がいいな」

「それなら知ってる！　次の音楽の時間楽しみだね～」

「うん」

ようやく、自分の本当に好きな曲を歌える。そしてその歌を楽しみにしてくれる女の子がいる。こんなに幸せなことはない。

最後の「自由歌唱」の授業が始まった。

まずは、平田さんの出番である。歌う前に少しだけ私の方を見てから、約束通り『五番街のマリーへ』をエモーショナルに歌う平田さん。自分の好きな曲を他人に歌ってもらえることが、こんなに嬉しいだなんて知らなかった。平田さんが歌い終えた後、クラスのみんながいつも通りの微妙な反応を見せる中、私は普段より大きめの拍手を彼女に送った。

さあ、そろそろ私の順番だ。約束を守ってくれた平田さんの気持ちに応えるためにも、何より自分のために『メモリーグラス』を歌い切ってみせる。クラスのみんなにどれだけシラケた反応をされても知るものか。歌え！　歌うのだ！　俺は歌謡曲を歌うぞ！

自らに気合いを入れた瞬間、私の前に座る学校一極悪なヤンキーがこちらを振りむいた。

「おまえ、一年生の時のクラスの出し物で氷室京介のモノマネしてたやんか。あれ、めっちゃ面白かったから、今日歌ってよ。『ＫＩＳＳ ＭＥ』歌ってや。ええな？」

どうして、ヤンキーという生き物はこうも最悪のタイミングで他人の人生に絡んでくるのだろうか。同志との約束を守るか、不良のリクエストに応えるか。私はどっちを選ぶべきなのか。みんなの前に歩み出た私は、ヤンキーの方を一瞥した後、平田さんの顔を見る。彼女もこちらを見つめていた。私は大きく深呼吸してから歌い出した。

「ＫＩＳＳ ＭＥ……」

激しいフリ付きの私の氷室京介のモノマネは、ヤンキーの見立て通りバカ受けだった。そのおかげで、私はちょっとしたクラスの人気者になり、ヤンキーと仲が良いという最強のステータスも手に入れたのだが、その裏で、私はひとりの無垢な少女の心を傷つけてしまった。

いつか謝ろうと思っているうちに、夏休みが終わり、二学期の退屈な音楽の授業が始まった。秋が過ぎ、冬を越え、私は平田さんに何の謝罪もできないまま卒業の日を迎えてしまった。今の私のやるせない気持ちを詩に書いて曲にすれば、とても素敵な歌謡曲になるんじゃないか。私はそんなバカなことを考えていた。

二〇〇〇年、二十世紀最後の年を記念して、中学校の同窓会が開かれた。あまり乗り気ではなかったが、私もその会に参加した。他にも会いたい女の子はいたが、平田さんに一目会って謝罪をしたかったのだ。

しかし、私の目の前に現れた平田さんは、ド金髪でショートカットのギャルにその姿を変えていた。歌謡曲好きのツインテールの田舎娘の面影はどこにもない。狐につままれたような気持ちの私は、結局一次会の席では彼女に声をかけることができなかった。

そして同窓会は、二次会のカラオケへと雪崩れ込む。一次会で謝罪を済ませて、二次会は不参加のつもりだったが、予定を変更して私も会場へ。遠目からチラチラ平田さんの様子を窺ってみる。向こうは私のことなど少しも気に留めていない様子だ。

「じゃあ時計回りで曲入れていこう〜！」

幹事の言葉に従ってカラオケは始まった。

自分の順番が回ってきた私はひとつの賭けに出た。そう、『メモリーグラス』を歌うのだ。あの日歌えなかった歌を今こそ歌ってみせる。それが平田さんへの何よりの謝罪になると思った。もう氷室京介は歌わない。場の雰囲気をまったく無視した前奏が流れた後、私は歌った。あの日の『メモリーグラス』を。平田さんのためだけに。

歌い終わった後「空気読めよ～」「みんなが知ってる曲頼むよ！」と、参加者からは非難囂々だったが、そんな言葉は気にならない。大事なのは平田さんの様子だけだ。

チラリと彼女の方を盗み見ると、一瞬私と目が合った。彼女にだけは、私の歌が伝わったかもしれない。そんな都合の良いことを思っているうちに、平田さんが曲を入れる順番がやってきた。胸が高鳴る。もしかしたら、私の気持ちに応えて、彼女も歌謡曲を歌ってくれるのではないか。

画面に表示される次曲予約の部分を凝視して、私はその時を待った。

「次曲予約完了　ＬＯＶＥマシーン　モーニング娘。」

画面にはそう表示されていた。確かにそう書かれていた。

みんなと一緒にダンス付きで気持ち良さそうに『ＬＯＶＥマシーン』を歌っている平田さんの顔を見る。歌う曲が歌謡曲からモーニング娘。の曲に替わっても、彼女の歌は相変わらず素晴らしかった。

そして今、はっきりとわかった。

平田麻沙子さん、私はあなたのことが、あなたの歌声が本当に好きでした。

霊能力美少女と
肝試し大会と
SMAPと

「キミ、肩の辺りに変な霊が憑いてる。このままだと死ぬかもよ」

鮮やかな茜色が差し込む十二月の放課後、中学三年生の高城優子は、日直日誌を書いている私に向かってそう言い放つ。宝生舞によく似たショートカットの猫顔美人。わざと大きめのサイズの冬服を着ているのか、袖がちょっとブカブカになっていて、それがなんとも可愛らしい。

「マジで？　じゃあ念のために除霊してよ」と助けを求める私。「仕方ないなぁ」と、彼女は学生鞄から銀の音叉と水晶のペンダントをおもむろに取り出した。

「まずは場を整えるよ」と言って、彼女は音叉を二度三度打ち鳴らす。二人きりの教室に「チーンチーン」と柔らかく澄んだ音色が鳴り響く。霊力を増加させる水晶を首にかけ、静かに目を閉じて精神統一をする高城さん。キスをする時もこんな顔でするのかなぁ。そんな私の邪念に気付く様子もなく、両手の指を組み、九字の印を唱える姿勢に入る彼女。

両人差し指を立てて「臨！」と力強い声を出す彼女。次に「兵！」、そのまま「闘・者・皆・陣・烈・在・前」と九つの印を唱え、「ヲンキリキャラハラ……」と、何やら結びの呪文をつぶやいて除霊は終了となった。

高城さんはいたって真剣にやっているのだが、こちらからすれば、女の子が「臨・兵・闘・者……」と印を唱える姿は滑稽で仕方がない。笑いをこらえるのに必死だった。

こうやって、たまに除霊をしてもらうようになったのは、中学三年生の二学期からだ。頻度にして一か月に一度、一緒に日直をする日の放課後に除霊をお願いしている。何も罰当たりなことをした覚えはないのに、毎月のように私には悪い霊が取り憑いているらしい。

まあ、可愛い女の子に除霊してもらえるなら、これぐらいの呪いはどうってことはない。

高城さんとは三年生で同じクラスになるまで、それほど話をしたことはなかったが、学校一のオカルト少女としての彼女の噂は耳に入っていた。

五歳で他人のオーラや幽霊の姿が見えるようになり、小学生になると、身内に起きる不幸を予言したり、霊に取り憑かれた友達の除霊を行ったりしていたという。なんでも地元出身の念写能力者「長尾郁子」の生まれ変わりじゃないかとまで言われるほどに高城さんの霊能力は強いらしい。

どの学校にも、隠れて「コックリさん」をするようなオカルト好きの生徒はいるものだが、いわゆる「本物」である高城さんは、そういう奴らとは一線を画す存在だった。

不思議な力を持っていると、それが原因でイジメを受けたり、クラスで孤立したりしそうだが、高城さんは持ち前の性格の明るさで、みんなと仲良くやっていた。霊能力者といえばミステリアスな雰囲気の人が多そうだが、彼女は真逆であった。不思議な力を持っていることよりも、そういうギャップが高城さんの一番の魅力だと私は思っていた。

彼女と親しくなったのは、三年生の夏に行った臨海学校でのことである。合宿所で勉強をするだけではなく、飯盒炊さん、海水浴、花火にキャンプファイヤーといった楽しいイベントも多数用意された二泊三日の集団宿泊学習。その中でも一番の目玉は、夜の肝試し大会であった。

というのも、臨海学校がある香川県の屋島は、かの源平合戦の激戦地のひとつであり、源氏に敗れた平氏の落武者たちが多数目撃される心霊スポットなのだ。そんな場所で行われる肝試しは、先生たちが扮する幽霊以外にも、本物の怨霊たちを呼び寄せてしまうことで有名だった。

男女ひとりずつでペアを組み、山道の奥にある社の中に置かれたお札を取って戻ってくる。実にシンプル極まりない形式の肝試しだ。その時、私とペアになったのが、あの高城さんだったのだ。

現役霊能力者とのまさかのコンビ結成に興奮を隠せない私。これはもしかしたら本当の落武者に会えるかもしれない。期待は高まるばかりだ。

実は私も、小学校低学年の頃は幽霊をこの目で見ることができた。近所の墓地や裏庭に生い茂る竹林の中で、人型にぼんやりと光る物体やボロボロになった兵隊さんの姿をよく目撃したものだ。

初めて幽霊を見たとき、恐怖で腰を抜かしそうになりながらも、なんとか家までたどり着いた私は、事の顚末を親父に報告した。すると「よし、今から幽霊退治に行くぞ！」と親父は私の手を引いて現場へと向かった。幽霊のいる場所に戻るのは怖かったが、親父が私の話を信じてくれたことが嬉しかったのをよく覚えている。

兵隊さんの幽霊は先程と同じ場所からこちらをじっと凝視していた。私はその姿をハッキリと捉えることができるのだが、親父には何も見えていないようだった。

「父ちゃんを、幽霊の場所まで案内しろ」と言われた私は、スイカ割りを誘導するのと同じやり方で「父ちゃん、もっと右！　あ、行き過ぎた！　左、あと少し左！」と必死でナビゲーションする。

やがて親父と幽霊の顔が真正面から向き合うフェイス・トゥ・フェイスの状態になった。「父ちゃん！　目の前にいる！」と私が叫ぶと同時に「オラァァ！」と獣のような咆哮を上げ、親父は兵隊の幽霊に頭突きをぶちかました。「かました」というよりも「すり抜けた」というのが正しい表現だ。次の瞬間、幽霊の姿はそこからたちまち消え去ってしまった。「父ちゃんすごいや！　幽霊を倒した！」と、私は心の底から親父を尊敬した。

母親がいない私を強い男に育てるため、親父は度を超えたスパルタ教育を課した。鉄拳制裁は当たり前、全ては一人前の男になるための試練とはいえ、その厳しさに挫けそうになったときもあった。正直親父を憎んだこともあった。だが、幽霊すら打ち倒す親父の大きな背中を見た時、私は「いつか父ちゃんみたいに強くなってみせる」と誓いを立てたのだ。

「生きてる奴が死んでる奴に負けるわけない。喧嘩は相手を驚かせた方の勝ちや。怖がった時点で負けや。逆に頭突きをぶちかまして幽霊をビックリさせたれ！」

それからの私は、親父の教えを守り、幽霊や人魂のような不思議な物体を見かけるたび、走って距離を詰めては頭突きをかましてみた。すると、幽霊たちはみんなその場から消えていなくなった。親父の言葉に間違いはなかった。「この世にはびこる悪霊は僕が全部倒す、僕は香川県の鬼太郎だ！」と息巻いていたら、小学校高学年になった頃に私は霊感を失ってしまい、それ以来、幽霊の姿を見ることはできなくなった。人間は年を取るにつれて不思議な力がなくなるというのは本当なのかもしれない。

あれから時は流れ、私は平家の落武者と戦えるかもしれないチャンスを得た。高城さんという最高のナビゲーターがいれば、屋島に巣食う幽霊の位置を正確に捉えることができるだろう。あとは私が頭突きで仕留めるのみ。親父、あなたの息子はこんなにも強く育ちました。平家の怨霊、私がひとり残らず打ち倒してみせましょう。

肝試しの出発前、私は、親父との思い出と幽霊退治をしたいという願いを高城さんに包み隠さず話すことにした。

「え、頭突き？　それ本気で言ってるの？」

「本気本気、霊能力のある高城さんなら幽霊の場所わかるよね」

「いや、たぶんわかるけど、そんなことしても幽霊は倒せないし、下手したら呪われるよ」

「え、そうなの」

「うん、ここはやばいよ。さっきから、私、体調悪いもん」

「それは、高城さんがビビってるからでしょ。高城さんも俺と一緒に戦おうよ」

私のその言葉を聞いた瞬間、高城さんは「アハハハ！」と大声で笑い始めた。

「やめて、一緒に戦おうとかやめてよ、お腹痛い」

「高城さんの力が必要なんだよ。勇気出してよ」

「アハハハ！　勇気って、アハハハ！」

高城さんはしばらく笑い転げていた。

「私の力をそんな風に言ってくれた人いないから面白かった」

「そうなのか」

「いや、でもマジでここはやめとこ、いつかさ、別の弱い幽霊見つけて、そいつを倒そうよ。ね、弱い幽霊ってね。アハハハ」

「平家はやばいか」

「うん、やばい、平家はやばい、アハハハ」

「わかった、高城さんがそう言うなら諦めるよ」

「アハハハ」

結局その日の肝試し大会で私の頭突きが幽霊に炸裂することはなかった。高城さんとなんやかんや喋っているうちに、いろいろ準備してくれた先生たちのためにも、ちょっとは驚いてあげないとかわいそうだよねという話になり、本当ならまったく幽霊が怖くないはずの私たちなのに、作り物の幽霊に「ギャー！」とか「助けて〜！」とか必要以上に驚きながら肝試しを楽しんだ。「これはこれでクセになるな」と高城さんは楽しそうに笑っていた。

あとから彼女に聞いた話では、肝試しのコースに落武者の霊が二十人ぐらいはいたらしい。二十人ならなんとか頭突きでいけたと思うのに残念だ。

臨海学校で打ち解けた私たちは、すぐに軽口を叩けるぐらいの仲になった。だが、肝心の約束はまだ果たせていないままだ。中学卒業まであと三か月。私は高城さんに直談判することにした。

「ねぇ、そろそろ幽霊と戦いたいんだよ」

「へ？　ああ、そうなの？」

「もう十二月だよ、俺たち卒業だよ、もう時間がないんだよ」

「え！　まさか、また屋島に行くとか？」

「いや、古い時代の幽霊は強そうだからやめよう。今日、このあと時間ある？」

「ん、あるよ。部活も引退したしね」

「じゃあさ、この学校で一番強い幽霊がいる場所を教えてよ。そいつを頭突きでぶっ倒す」

「え、うちの？」

「学校ぐらいの幽霊なら俺でも何とかなるでしょ？　後輩たちのためにも倒しとく」

「……まぁいいけど」

「やった！　じゃあ俺をそこまでよろしく！」

「はいはい」

　彼女が案内してくれたのは、保健室前の廊下だった。屋上とか体育館裏などのそれっぽい場所を予想していた私は、ちょっと拍子抜けである。

「あの保健室のドアの近くに両目がない女の子がずっと立ってるの、私がここに入学した時からずっと」

「そりゃあ結構な地縛霊だね。よし、じゃあはじめよっか」

　私は学校最強の幽霊に向けて一歩踏み出した。

「真っすぐ真っすぐ、右右右……真っすぐ！　ちょい左……そこ！　そこ！」

「高城さん、ここ？　ここ？」

「うん、もうキスできるぐらいの距離だよ」

ふと私は閃いた。頭突きよりもいきなりキスした方が、幽霊は驚くんじゃないか。キスの方が幽霊の積年の恨みを溶かしてあげられるかもしれない。それに私は、昔から女の幽霊にキスとかいろいろしてみたかったんだ。深呼吸をしてから、私は自分の目の前の虚空に口づけをした。もう一度した。何度もキスをした。驚いたか。幽霊よ。これがキスだ。

「幽霊はどうなった？」と私が聞くと、明らかに笑いをこらえている高城さんから「全然消えてないよ。目の前にいるよ」との答え。やっぱり頭突きじゃないとダメかと覚悟を決めた私は「えいや！」と親父直伝の頭突きをぶちかます。

「お、いい感じ、幽霊の体が少し消えたよ！　苦しそうな顔してる！」

「マジか、よし、じゃあ一気に決めてやる」

フン！　フン！　フン！　と私はその場で頭突きを三連発。そして少し助走をとってからとどめの一撃を打ち込む。

振り返りざま、「消えた？」と確認する私に「ごめん、最初からそこに幽霊なんていないんだ」と高城さん。そして「アンタ、さっきから何やってんの？　アハハハ！」と大笑い。「なんだよ、幽霊よりたちが悪いなぁ」と怒りつつも、私も吹き出してしまった。

その日の帰り道、真面目な顔で高城さんが相談してきた。

「私もいつか幽霊とか見えなくなると思うんだよね。中学生になって結構、力が落ちてきてるんだよ」

「見えなくなると悲しい？」

「なってみないとわかんない。安心するのかな、それともつまんなくなるのかなぁ」
「俺は見えなくなったときは寂しかった。遊び相手がいなくなったみたいでさ。でも高城さんは小さい時からずっと怖いものばかり見てきたんだから、もし幽霊が見えなくなったら、今度はなにか綺麗なものを見ればいいんじゃないかな」
「綺麗なものかぁ……うん、それいいかもね。霊感なくなったら綺麗なものばっかり見るようにするよ。ありがとね」

別々の高校に進学した私と高城さん。彼女と同じ高校に行った友達の話では、高城さんの霊能力はほとんどなくなっちゃったらしい。だけど私はなんとなく思う。きっともっと早い時期に、もしかしたら中学三年のあの肝試し大会あたりから、彼女はもう幽霊なんて見えていなかったんじゃないかと思うのだ。

まぁ、高城さんが幽霊を見ることができようができまいが、肝試しの思い出や、二人きりの放課後の教室で行った除霊の儀や、保健室の前での幽霊との戦いの記憶が色あせることはない。大事なことは目に見えることじゃなくて信じることなのだから。

追伸として、「霊能力がなくなったら綺麗なものを見て生きる」と言っていた高城さんは、生粋のジャニオタになった。ＳＭＡＰの中居君の大ファンになったらしい。私が言った綺麗なものというのは、そういう意味で言ったのではないのだが。

高城優子さん。

ＳＭＡＰが解散しましたけど大丈夫ですか？　元気ですか？

僕もＳＭＡＰでは中居君が一番好きです。

もう今となっては、あなたの霊能力は最初から嘘だったんじゃないかとさえ疑ってます。

仮にそうだとしても、あなたが唱える「臨・兵・闘・者・皆・陣・烈・在・前」は最高に可愛かったです。

高城優子さん、あなたに霊能力があろうとなかろうと、ジャニオタであろうとなかろうと、私はあなたが大好きでした。

今度、お台場のお化け屋敷に行きましょう。

一九九五年の
カヒミ・
カリィ・
シンドローム

「あんたの顔ってジャパンだよね。これからジャパンって呼ぶよ」

クラスメイトの秋山沙織はそう言って、生意気だがどこか憎めない笑顔を見せた。まさに小悪魔と呼ぶにふさわしい微笑みだ。

高校一年生の九月、まだ夏の暑さが残る蒸し暑い日のことだった。

胸元まで伸びたフワフワのロングヘアー、ハーフっぽい顔立ちにコケティッシュな声、他の女生徒と違って少し丈の短いスカートを穿き、足元は黒のショートソックスでキメた女の子。

世の流行にはいっさい便乗せず、本当に自分が着たい服を華麗に着こなす秋山さんは、押しも押されもせぬクラスの、いや学年全体のファッションリーダーだった。

一九九五年、コギャルやアムラーといった、似たような格好をした量産型の女子高生が街にあふれる中、スタイリッシュに我が道をゆく彼女の姿は、当時でいえばカヒミ・カリィのような存在だった。

聴いている音楽だってひと味違う。みんながミスチル、スピッツ、ブラー、オアシスなんかで騒いでるときに、秋山さんは一人でケン・イシイに夢中なのだから。

そんな彼女が、私に授けてくれたニックネーム。それが「ジャパン」だった。

そもそも、なぜ「ジャパン」なのか。

もちろん、デヴィッド・シルヴィアンがやっていた「Ｊａｐａｎ」というバンドとは何の関係もない。

直接本人に聞いてみたところ、その理由は顔の配色にあるという。

中学時代はひどいニキビに悩まされたが、高校に入る頃には肌荒れもすっかり落ち着き、綺麗な白い肌を取り戻していた私の顔。ところが、ニキビの後遺症により、鼻とその周辺の赤みだけはどうしても残ってしまった。

ようするに、周りが真っ白で中央部分だけが赤。それを見た秋山さんは、私の顔の配色が日本の国旗とまったく同じであることに気づき、「ジャパン」と名付けたのである。

名前の由来が判明したとき、私の体に衝撃が走った。本当にオシャレな人というのは、ニックネームのセンスも凡人の想像を軽く超えてくる。普通、赤い鼻をいじるのなら「ピエロ」とか「トナカイ」とか、それぐらいのところだろうに、まさか「ジャパン」とは。

スポーツでも音楽でもジャンルはなんでもいい。人として、男として生まれたからには、一度は日本代表というものに憧れる。だが、どうやら自分にはそのような才覚がないことに気付き始めた高校一年の二学期、私は秋山さんから「ジャパン」と命名され、見事に国を背負うことができた。なんてったたって顔が日の丸なのだ。これ以上の日本男児、日本代表がいようか、いやいるはずがない。


ただ、ひとつ誤算があった。

秋山さんは斬新なニックネームを考えただけだったのに、「オシャレ番長の彼女が言うのだから、みんなで真似しましょう」と、クラスの他の奴らまで私のことを「ジャパン」と呼んでバカにするようになったのだ。

彼女はそのことを「本当にごめんね」といつも謝ってくれた。

辛いときもあるにはあるが、それよりもこのいじめをきっかけに彼女と仲良くなれたことの方が嬉しい。

「全然平気。気にせずに俺のことはジャパンと呼んで」と、私はそのたびに強がっていた。

殴る蹴るなどの暴力や、陰湿な嫌がらせを受けることはなかったが、来る日も来る日も「ジャパン」と呼ばれるだけの生ぬるいいじめが続く。

負けてたまるか。これしきのことなら大丈夫だ。この名前は、オシャレで可愛い女の子が付けてくれた名前なのだから。あの子が将来産むであろう自分の子供より先に授けてくれた名前なのだから。悲しむ素振りなんて見せたら、名付け親の秋山さんが気に病んでしまうではないか。それだけは避けたい。

「ジャパン」と呼ばれるようになって一か月が過ぎた頃、文化祭の出し物を決める学級会議が開かれた。
・射的
・たこ焼き屋
・お化け屋敷
・創作ダンス
いかにも文化祭らしいベタな意見が出される中、秋山さんがこんなことを言い出した。

「ねぇ、みんなで教室の中を日本庭園に改造しよう！　私、最近〝わびさび〟にハマっててさ！　これ絶対ウケると思う！」

担任の先生を含めクラスの誰もが正直ピンときていなかったが、我がクラスのカヒミ・カリィがそこまで力説するのならそれが正解なんでしょうという感じで、一年一組の出し物は「日本庭園」に決定した。

私たちは秋山さんのセンスを信じたのだ。

発案者である秋山さんが陣頭指揮をとり、準備は順調に進んだ。まずは机と椅子を運び出し、教室内を空っぽの状態にする。次に、学校近くの河原から運んできた大小さまざまな形の石、そして砂利を床に敷き詰めていく。庭園の緑あふれる木々、人の大きさほどはある巨大な岩、石灯篭の類は発泡スチロール、段ボール、粘土などを駆使して作ることに。

そして、大きな見どころとして、ポンプとホースを使い、教室内に水道の水を引き「ししおどし」を再現することにも挑戦した。

「チョロチョロ……カッコ〜ン」

文化祭前日、日本庭園は見事に完成した。

教室内に響き渡るししおどしの気持ちの良い音色。感極まった秋山さんは「みんな、私のワガママに付き合ってくれてありがとう！　私、このクラスのみんなが大好き！」と泣き出してしまった。まるでアメリカのティーンアイドルのようだ。

さらに何を思ったのか、完成を祝してみんなで歌おうと言い始め、結局クラス全員でKANの「愛は勝つ」を歌う羽目に。

どうしてケン・イシイが好きな君が、こんなベタな歌をチョイスするんだ。もしかして一周回ってこれが今のオシャレなのか？　本当のオシャレってそういうことなのか？　わからない。わからないよ秋山さん。私は頭を抱えながらもＫＡＮを歌うしかなかった。


そして文化祭当日。

一年一組には閑古鳥が鳴いていた。

たまに足を運んでくれたお客さんも教室内を数秒間眺めてはすぐに去っていく惨状だ。

結論を言えば、高校生に〝わびさび〟の世界はまだ早かった。

よく考えればわかることだった。

最初こそ、秋山さんを中心に呼び込みを頑張ってはみたものの、効果がないとわかるや、みんな持ち場を離れ、他のクラスの出し物を見に行ってしまった。

「チョロチョロ……カッコ〜ン」

景気のいい音を鳴らし続けるししおどし。

その近くで力なく座り込んでいる秋山さんに、私は声をかける。

「秋山さん、気にしたらあかんよ」

「なんだよ、ジャパン。私を慰めてるの？」

「いや、そんなつもりじゃなくて。本当にこの日本庭園かっこいいと思うよ」

「……」

「秋山さん、俺らと違ってオシャレやしセンスあるもん。他のみんながついてこれないだけやって」

「……」

「俺、『天才は常に孤独である』って何かの本で読んだことあるよ」

「……」

「あとさ、ジャパンってあだ名結構気に入ってるんや。人の顔を国旗にたとえるなんて、秋山さんの視点は天才的やと思う」

「うるさい！　私が付けた名前でみんなにバカにされてるやんか！　それ嫌みで言ってるんやろ？」

「……いや、違……」

「もうどっか行けよ！　ジャパンのアホ！　ジャパンのバカ！」

かける言葉をなくした私は、その場を立ち去ることしかできなかった。

その後はどこをどう見て回ったのか、まったく記憶にない。

ただ、お通夜のような雰囲気で、みんなで教室の片付けをしたことだけは覚えている。


学校とは、ちょっとしたことがきっかけですべてが変わってしまう残酷な場所だ。

文化祭における大失敗で、秋山さんは人気者の座から一気に転げ落ちてしまった。これまで彼女を持ち上げていたクラスの連中も、手のひらを返したように冷たい態度を取るようになり、彼女は徐々にひとりぼっちになっていく。

「カヒミ・カリィ」から「クラスの変わり者」へと肩書きが変わった秋山さん。

どういう経緯があったのかは知らないが、やがて彼女は、派手な格好をしてピーチクパーチク騒ぐだけのコギャル軍団の仲間入りをしてしまう。

あのコケティッシュでユニセックスな魅力にあふれた彼女はどこへやら、ケバいメイクとだらしない服装に身を包んだ秋山さんの姿は見るに堪えないものだった。

秋山さんの没落と共にクラスメイトからのいじめも収まり、私が「ジャパン」と呼ばれることは二度となかった。

そして私が秋山さんと話すことも。

学校終わりのレコードショップ、私は試聴コーナーにて、カヒミ・カリィの『MY FIRST KARIE』というアルバムを初めて聴いてみた。

何度聴いても、いったいどこが良いのか、さっぱりわからなかった。

そう、高校一年生の私は何もわかっていなかった。

人の気持ち、自分のこと、世の中のことすべてを、何でもわかったフリをしているだけのガキだった。


秋山さん、お元気ですか？　ジャパンです。

親には申し訳ないのですが、私は自分の名前が好きではありません。

姓名判断でも結果は最悪で、何も良い所がないのです。

だから、秋山さんに「ジャパン」という名をもらったとき、私はようやく本当の名前で呼んでもらえたような、そんな不思議な喜びがありました。

あなたが自分の子供にどんな名前を付けたのか、とても気になります。

そしてどういうわけか、あなたよりセンスのない私が、今は作家を生業にしています。

爪切男という変な名前ですが。

実はこの名前もある女性に付けてもらいました。

大学生の時に出会い系で知り合った女性です。

今と違って通話料金も高く、彼女との連絡で毎月の電話代がバカにならなくなった私は、インターネットのチャットルームを使い、無料で連絡を取り合うことを思いつきました。

チャットの利用にはＩＤ登録が必要だったのですが、良い名前が浮かばなかった私は、彼女に考えてもらうことにしました。

「じゃあ、爪切男でよくない？　理由？　私が今爪切ってるから」

そんな適当な理由で生まれた名前なのに、どうにもそれがしっくりときてしまい、今も愛用しているわけです。

しかし、あなたといい、出会い系の彼女といい、私に名前を付けてくれる女性はみんなセンスがいい。

私は本当に女運がいいんです。

まぁ、それは置いといて。

今ならわかる。

秋山沙織さん。

あなたは、私が今まで出会ってきた中で一番オシャレな女の子です。

私はそんなあなたが大好きでした。

秋山さんに付けてもらった「ジャパン」という名は生涯忘れません。
さようなら、そしてありがとう、一九九五年のカヒミ・カリィよ。
永遠に……。

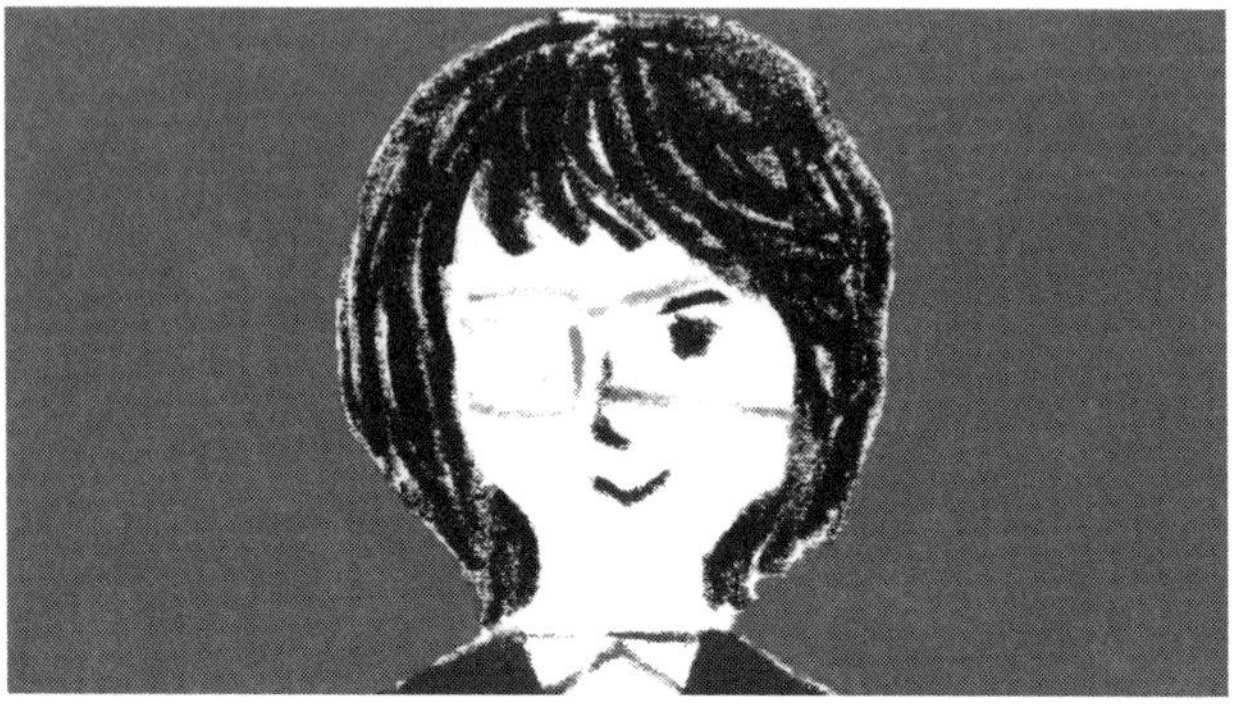

嘘つき独眼竜VS恋するミイラ男

クラスメイトの志村華は嘘つき女だ。ただ、私は彼女ほど素敵な嘘をつく女の子を知らない。

一九九六年、高二の一学期、私と志村華は同じ嘘を共有した。それは「青春」と名付けるにはあまりにバカらしく、「恋」と呼べるほど美しくはない記憶として、今も私の中に残っている。

私たちが仲良くなったきっかけは「日本史B」の授業だった。

科目担当の「モリ爺」こと森川先生は定年間近のお爺ちゃん。教育への熱意はすっかり枯れ果てており、生徒にはまったく関心を示さず、ただ淡々と教科書を読み上げるだけの無気力な授業をする先生だった。

いびきをかいて寝る生徒。

漫画を回し読みするグループ。

別の科目の勉強をしている優等生。

授業そっちのけでイチャつくカップル。

トイレに行ったまま帰ってこないヤンキー。

ウォークマンで大好きなソフトバレエとＢＵＣＫ‐ＴＩＣＫを聴いている私。

これらすべてをモリ爺は見て見ぬ振りをした。

無法地帯と化した週二回の「日本史Ｂ」の授業。混沌とした教室内で、唯一真面目に授業を受けている生徒がいた。

それが志村華だった。

ＴＶドラマ『家なき子２』にて、榎本加奈子演じる絵里花お嬢様によく似た雰囲気の志村さん。かといって、「絵里花がたとえてあげる。絵里花がフランス料理なら、貴女はそうね、ねこまんま」と言い放つような高飛車な性格ではない。どちらかといえば、クラスでは目立たないグループに属する女の子だった。

まるで紙芝居を見ている子供のように、キラキラとした目でモリ爺の話に耳を傾ける志村さん。時折笑みを浮かべながら、ノートにペンを走らせている。

いったいこの授業の何が面白いのだろう。実は授業よりモリ爺にお熱とかそんなオチだけはやめて欲しい。まぁ、いくら考えてみたところで答えが出るはずもなく、ある日の授業後、私は暇潰しもかねて本人に直撃してみることにした。

「志村さんってさ、なんでモリ爺の授業をあんなに楽しそうに受けてるの？」

「え？　だって、歴史って普通に面白くない？」

「う〜ん、嫌いじゃないけど面白いとは思わないなぁ。教科書は分厚いし、覚えることも多いし。じゃあ志村さんは歴史の何が好きなの？」

「だって歴史ってさ、教科書に書いてあること、ほとんど嘘なんだよ」

「は？　そんなことないでしょ」

「今まで生きてきて、世の中って汚いことをする人や、嘘をついてる人がバレずに得していることってよくあるでしょ？」

そう言われてみると、金をばらまいて選挙に当選した悪徳議員が、ＴＶでは日本の未来を担う政治家として扱われていたり、うちの親父が前科者になったとき、我が家にひどい嫌がらせをしてきたのが町の人気者であるお寺の坊主だったりと、げにこの世は世知辛い。

志村さんの言うことも確かに一理ある。

「うん、俺の周りにもそういう奴は結構いるな」

「ね？　私たちレベルの一般人でこれなんだから、歴史上の人物なんてめちゃくちゃ嘘ついてるに決まってるじゃん。源頼朝も徳川家康も怪しいよ。きっと極悪人だよ」

「そういえば死んだ爺ちゃんが、坂本龍馬は嘘つきやってよく言ってたなぁ」

「わかる！　あの細目は大嘘つきの目だもん！　私もあいつ苦手！」

天下の坂本龍馬をあいつ呼ばわりして、志村さんはニッコリと笑う。左頰にクッキリとできた片えくぼがなんとも可愛らしい。よし、私も今日から龍馬を嫌いになろう。君が笑ってくれるなら、日本中の坂本龍馬ファンを敵に回しても悔いはない。

「モリ爺、嘘ばっかり教えてるんだなぁって思ったら笑えるでしょ？　あと本当はこういう歴史だったんじゃないかなって自分で想像するのも面白いよ」

翌週、彼女の言葉に従い、物は試しで「日本史B」の授業を真面目に受けてみる。なるほど、志村さんの言うように、全てを疑ってかかると、歴史というジャンルは途端に面白くなる。まるで長編ミステリー小説を読んでいるかのような気分だ。何が本当で誰を信じればいいのかまったくわからない。密かに作家を目指していた私にとって、ストーリーを考える良い勉強にもなりそうだ。

「日本史B」という共通の趣味を得たことで、私と志村さんの仲は親密になっていく。実際には席は離れているけれど、隣の席で日本史の授業を受けているような不思議な感覚を何度も味わった。

そんな一学期も残り一週間となった七月半ば、ちょっとした事件が起きる。

志村さんが独眼竜政宗になってしまったのだ。

何の前触れもなく、右目に白い眼帯を付けて登校してきた彼女。角膜に関する病気にかかってしまい、二週間ほど片目で過ごさないといけないらしい。

突如現れた隻眼の女の子に色めき立つ二年一組。物珍しさもあるだろうが、何より志村さんには眼帯がよく似合う。可愛さがいつもの四割増しである。地味な女の子が眼帯ひとつでクラスの人気者になってしまった。

だが、歴史を愛する心で結ばれた友、「歴友」の私は、彼女のどこか浮ついた様子に妙な違和感を覚えた。

「これは……何かある」

そう確信した私は、その日の昼休み、志村さんを人気のない武道場裏に呼び出した。バツが悪そうに姿を現した彼女に、開口一番「志村さん、病気って嘘だろ！」と切り出す。

「え、何が」とシラを切る独眼竜。

「あれだろ。みんなを騙して遊んでるでしょ」

「あは、ばれたか」と観念した彼女は、眼帯をゆっくりと外す。その下から現れたくりくりっとした黒目がちの丸い目は健康そのものである。

「すごいよね。眼帯をしてきただけなのに、人気者になっちゃった」
「本当は病気でもないのにひどいよなぁ」
「眼帯をしてみるとね、目の悪い人の気持ちも少しわかるよ。片目だとすごく歩きにくいもん。いい勉強になるよ、付けてみる？」

そう言って手渡された眼帯から手のひらに伝わってくる生温かさ。なんだろう。やけに胸がざわつく。女の子の脱ぎたての下着を手にしたようなこの感覚。いや、童貞の私にそんな経験などないのだけど。

「やだよ、目から変な病気がうつるかもしれないじゃん」

私は精一杯の嫌みを言って眼帯を突き返す。

「なによ～、付けてみればいいのに」

再び眼帯を装着する志村さん。なんともいえない真面目な表情をしている。もしかしてブラジャーを着ける時もこんな顔をしているのかな。困った。さっきからエロい妄想しかできなくなっている。

「きっと歴史上の人物も私みたいな嘘をついてるよね。それが今日わかった。伊達政宗も本当は格好良いから眼帯付けてただけかも！」

自分のついた嘘を反省する様子がまったく見えない志村さん。このまま一学期が終わるまで眼帯の少女を演じ抜く覚悟のようだ。

でも、彼女の言うように、ちょっとした嘘でつまらない毎日がドラマチックに変わるのは本当かもしれない。白黒の世界にカラフルな色を塗り足すのは「嘘」というエッセンス。

きっと歴史はそういうふうに作られてきたんだろう。

私も一回ぐらいそんなホラを吹いてみたい。できるなら、志村さんがあっと驚くような嘘を。

いろいろと思案した結果、私はひとつのアイデアを思いつく。だがこれを実行するにはかなりの勇気が必要だ。いや、だからこそ前に踏み出さなければ。自分の手で新しい歴史を作るのだ。

二年一組にミイラ男が現れたのは、一学期の終業式を翌日に控えた日のことだった。正体はもちろん私だ。

みんなに感染するような病気ではないが、顔中にひどい湿疹ができたので包帯でそれを隠している。この説明で学校は納得してくれた。もちろん、そんな病気になどかかっていない。この世は結局言ったもん勝ちなのだ。それはそれで少し不安になってくるが。

顔は包帯でぐるぐる巻きにして、視界と呼吸を保つため、目と口の部分は空けてある。「今度学校で救急体験学習があるので包帯の巻き方を教えて欲しい」と祖母に嘘をつき、数日間練習に励んだ結果、なんとか見映え良く包帯を巻けるようになった。

だが、志村さんが眼帯を付けてきたときは、あれだけキャーキャー騒いでいたクラスメイトが、ミイラ男には誰も寄ってこない。

でもそれがいい。

ミイラ男という異質な存在になれたことがとにかく楽しい。まるで憧れの悪役レスラーになったかのような充実感で私の心は満たされていた。何より同じ教室の中に、眼帯を付けた女とミイラ男が存在している光景がなんとも痛快じゃないか。

その日の休み時間、この前とは逆の立場で、私は独眼竜志村に武道場裏に呼び出された。

「いや、やられた。まさかミイラ男でくるなんてね。めっちゃ笑った」

「いつもより早く家を出て、駅のトイレで包帯を巻くのが大変だったよ」

「タイミングもバッチリだね。もうそろそろ一学期終わるしさ」

「うん、さすがに何週間もミイラ男でいるのは大変だしね」

「ねぇ、ちょっと包帯取ってみてよ。私、ミイラ男が包帯取るところを見たい！」

彼女に急かされた私は、スルスルッと顔の包帯をほどいていく。

「包帯の中からカッコイイ顔が出てきたらよかったのに、あんたみたいなブサ顔だと逆に面白いね」と私の顔を見て笑う眼帯の女。

そう、私はこの笑顔を見たくてミイラ男になったんだ。

「よし、じゃあ特別に私が包帯を巻き直してあげる。中学のときに野球部のマネージャーやってたから包帯巻くの結構得意なんだよね」

こちらの返事を待たず、志村さんは私の顔に包帯を巻き始める。彼女が包帯をキュッ！キュッ！と絞めるたび、私の胸はキュンキュンと音を立てる。

まだキスさえしたことがないのに、可愛い女の子に包帯を巻いてもらっただけで、私は初体験を終えたかのような幸せに包まれていた。

そうだ、夏休みの間に素敵な嘘をいっぱい考えよう。ミイラ男よりも面白い嘘を。そして二学期はもっともっと志村さんを笑わせよう。二度と学校が退屈だなんて言わないように。

だが、私のその願いが叶うことはなかった。

夏休み明け、志村さんに彼氏ができたのだ。駅のホームで幸せそうに抱き合う二人の姿を目撃した私は、彼女と距離を置くことにした。「おまえは彼女のためにミイラ男になれるのかよ」と、彼氏に詰め寄りたい気持ちをぐっと抑えて。

志村さんと話す回数は自然と減っていき、また退屈な「日本史B」の授業が戻ってきた。楽しそうに授業を受ける志村さんの姿を見ないでいいように、私はずっと寝ているフリをしていた。高校二年生が終わるまでずっと。

志村さん、お元気ですか。

相変わらず坂本龍馬のことはお嫌いですか？

私はあれから割と好きになりました。

あなたのせいで、大人になってからもどうでもいい嘘をついて遊んでいます。

喫茶店で、電話がかかってきたフリをして「俺が日本代表ですか？　せっかくなんですけどお断りします！」と大声で答え、「こいつはいったい何の日本代表なんだ？」と周囲のお客さんを困惑させる遊びがマイブームです。

高校生の時、あなたは「歴史なんて嘘ばかりだよ」と言った。

でも、何が本当か嘘かなんてどうでもいい。

自分の中に残り続けているものが歴史になるんだと私は思います。

あなたを笑わせるためだけに、ミイラ男になったバカな奴がいたという思い出が、あなたの中から消えていないことを切に祈ります。

そうすれば、私はあなたの歴史のひとつになれるのだから。

という気持ちは半分本当で、半分嘘です。

だけど、ただひとつだけの本当のことがある。

志村華さん、私はあなたのことが大好きでした。

そして、あなたのつく嘘も。

あとがき

人の人生には春夏秋冬がある。移ろいゆく人の心にも四季がある。

昔読んだ本にそう書いてあった気がします。書いていなかったかもしれません。ここまでこの本を読んでいただいた方ならわかると思いますが、私には自分の人生や思い出を美化してしまう悪いクセがあります。なので、この言葉も自分で勝手に作ったものかもしれません。

そんな私ですので、ここに綴られたクラスメイトの女子たちとの思い出も多少の美化があると思われます。「思われます」なんて無責任なことを言ってすみません。

無責任ついでにもうひとこと申し上げるなら、思い出なんて自分の中では多少美化しているぐらいでいいんじゃないでしょうか。

そうでもなくても人生は兎にも角にも辛いことが多過ぎる。先のこと、十年先の未来を考えても、心から明るい気持ちになれる人なんてほんのわずかじゃないかと思います。

だから、私はこれからも恋をする。気分が落ち込んだ時、クラスメイトの女子の誰かを思い出し、頭の中で恋をして、彼女たちから元気をもらいます。そして、「まぁ、明日までがんばるか」くらいの緩さで明るく生きていくつもりです。

この本は、集英社のWEBサイト「よみタイ」にて連載された『クラスメイトの女子、全員好きでした』を大幅に加筆修正したものになります。

この作品に携わってくださった担当編集は三人いらっしゃいます。まず連載の立ち上げに尽力して頂いた春内遼さん、一緒に行った新井薬師のガールズバーの楽しい夜を私は忘れません。そして連載を引き継ぎ、この連載の基本方針、目指すべきことを明確に定めてくださったのは今野加寿子さんでした。今野さんがいなければ、この連載は続きませんでした。そういう意味で私は今野さんのことも好きです。最後に、連載の大半を担当してくださり、この本の制作にも携わってくださった宮崎幸二さん。地元が近いということもあり、最初に顔合わせしたときから、運命を感じておりました。ここぞというときの叱咤激励も含め、本当にお世話になりました。心から感謝しております。

イラストは北村人さん。連載のときから各回のヒロインを魅力あふれるそのタッチでノスタルジックかつキュートに描いてくださいました。北村さんの描いたイラストの女の子に私はまた恋をしました。本を作るなら表紙は北村さんしかいないという私の想いを真正面から受け止めてくださり、本当にありがとうございます。また野毛に飲みに行きましょう。

装丁は渋井史生さんにお願いしました。私がこの連載で伝えたかった想いをしっかりと装丁に落とし込んでくれました。その結果、とても優しい本ができました。本当にありがとうございます。

そして一番感謝をしないといけないのは、この本に登場してくれたヒロインたちです。

各話ともに話の大筋は実際にあった話なのですが、各ヒロインたちを特定されないように、年齢やプロフィールに多少変更を加えているところもあります。その点はご容赦ください。あと、私からしたら良い話でも、ヒロインたちからすれば「おめ～勝手に良い思い出にしてんじゃねえよ」と言いたいところもあるかもしれませんが、そこはもう、一生あなたたちに恋し続けますから、どうか許してはもらえないでしょうか。

最後に、この本を手に取ってくださったみなさん。いやぁ、恋っていいですね。あなたも一生恋しましょう。と、なんだか雑にまとめてしまったところでさようなら。お別れはこれぐらいの雑な感じでちょうどいい。

二〇二一年三月　爪切男

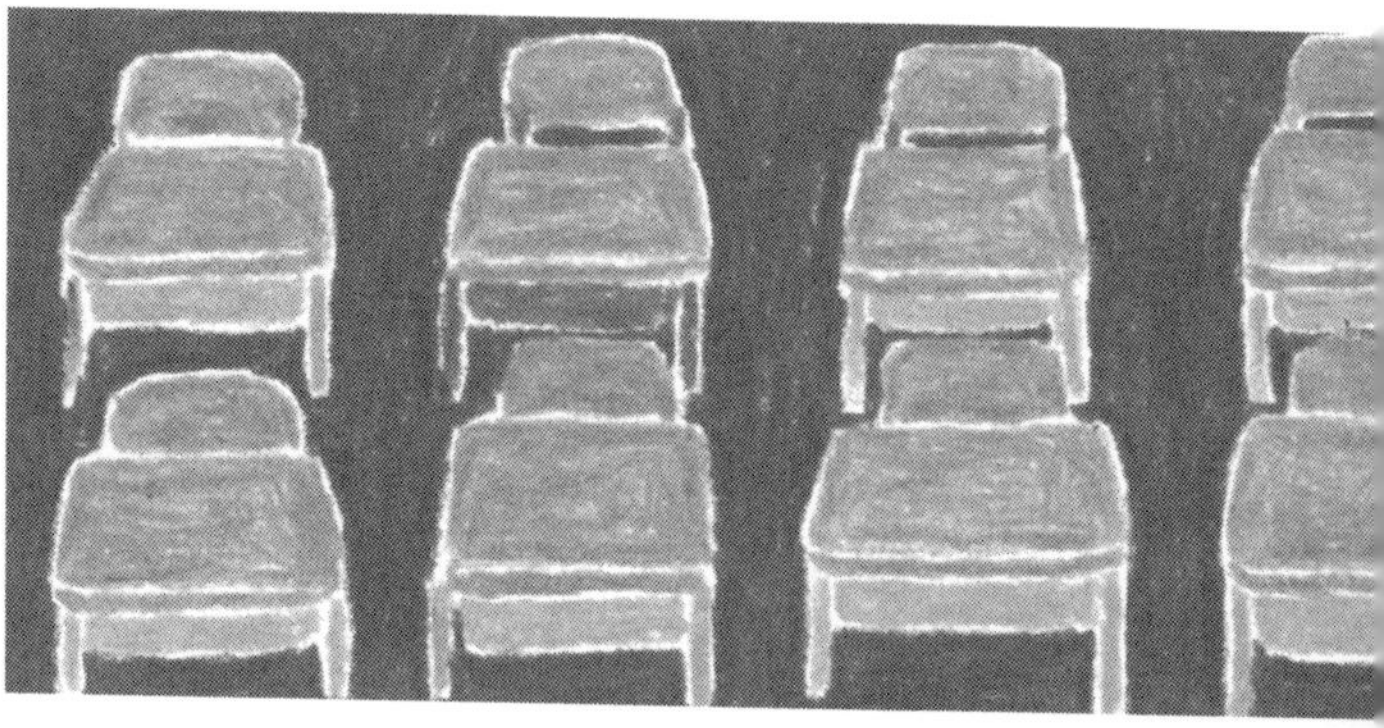

この単行本は、ウェブメディア「よみタイ」の連載
「クラスメイトの女子、全員好きでした」
(二〇一九年十一月〜二〇二〇年九月)より
セレクト、加筆修正、書き下ろしを加えたものです。

爪切男

つめ・きりお

一九七九年生まれ、香川県出身。
二〇一八年『死にたい夜にかぎって』(扶桑社)にてデビュー。
同作が賀来賢人主演でドラマ化されるなど話題を集める。
二〇二一年二月に『もはや僕は人間じゃない』(中央公論新社)、
三月に『働きアリに花束を』(扶桑社)と
本作ふくめて三か月連続刊行される注目の作家。

装　　丁　渋井史生（ＰＡＮＫＥＹ）
装画・挿画　北村人
校　　正　鷗来堂
編　　集　宮崎幸二

クラスメイトの女子《じょし》、全員《ぜんいん》好《す》きでした

2021年4月30日　第1刷発行

著　者　爪切男《つめきりお》

発行者　樋口尚也

発行所　株式会社　集英社
〒101-8050 東京都千代田区一ツ橋2-5-10
電話　編集部　03-3230-6143
　　　読者係　03-3230-6080
　　　販売部　03-3230-6393（書店専用）

印刷所　中央精版印刷株式会社

製本所　ナショナル製本協同組合

定価はカバーに表示してあります。

ISBN978-4-08-788056-4 C0095